巴國神曲　下冊

諾源　著

巴國神曲

目錄

第一部曲

遠古之來兮

第二部曲

開疆之國兮

第三部曲

舞動之靈兮

67

都亭悲歌

你是笑著離去嗎？在楚國宮廷，
國人分明看見你盈眶的熱淚；
你覺得有價值嗎？在巴楚心靈，
插滿你血色生命鮮豔的花蕾。
人人都這樣說，都亭山[1]的陽光，
是你身體漏盡的音色和諾言；
漫山遍野的杜鵑，火紅的光芒，
宛如一首你忠烈大義的詩篇。
而你獲得了巴楚人民的尊重，
你的頭顱以上卿之禮去安葬，
並得到兩國長期以來的認同，
留下荊門山[2]為你憑弔的華章。
你人性光輝穿透危急與苦難，
那高貴死亡已超越國家恩怨。

1 坐落於今湖北利川市城北方向，早期為巴國領地。

2 坐落於今湖北荊門市境內，古為楚國都城。

68

安魂神曲

就請舉起你骨骼做成的鼓棒，
用力敲動震顫四方的牛皮鼓；
或借用你悲壯而淒婉的高腔，
為你送上一程，踏出一段戰舞。
撒爾呵[1]啊！你的豐年不再耕耘，
曾經的鎧甲剩下枯竭的回憶；
撒爾呵啊！你輾轉漂泊的靈魂，
行走於故鄉厚重殷實的土地。
撒爾呵啊！撒陽呵！就在天地間，
構築你廣大的墳墓，青山，長河；
撒爾呵啊！撒陽呵！國人的懷念，
愛是大愛，恨是國恨，客是過客。
故國入夢，你無聲喑斷的頭顱，
留作白虎細密的情結及痛楚。

1 撒爾呵也稱為撒有兒呵，土家語，是土家族喪葬歌舞，粗獷豪放。是恩施土家族人民特有的一種歌曲，用於死者「大夜」的一種祭祀行為。

69

江關盡失

當你倚重的江關失去了生機，
那巴山夔峽[1]已淪為了殉葬品；
最後的防線宛如發黃的註釋，
構成傾城喪國時無聲的沉吟。
你可發覺，巫山疆域一無所有，
無數頭顱無數的人，無家可歸；
曾經的安居樂業，盛行的富有，
已化為流離失所無言的羞愧。
於是在這個余莽浮生的時代，
你巴國那曾經的美宛如雲煙；
那青竹捶連[2]一蹶不振的未來，
高過你溝壑千縱的手和戰劍。
為了抵抗，你身影將會更深沉，
退守吧，去重建一道防禦之門。

1 是瞿塘峽的別稱。夔門位於長江三峽的西端入口處，扼守瞿塘峽之西門，兩岸斷崖壁立，高數百丈，寬不及百米，形同門戶，故稱其為夔門，瞿塘峽也因而得名夔峽。

2 用青竹浸泡、搗爛、粘連製成的紙錢。

70

遷徙於枳

在日漸衰落而流亡的雲天上，
早沒有了與楚國抗衡的實力；
在那強楚助巴平亂後的疆埸，
怎可能放棄趁勢而戰的契機。
你失去了最後可倚守的陽關[1]，
失去了長江沿岸的大片國土；
從清江到渝東，從漢中到巴黔，
奉節雲陽[2] 盡數納入楚國版圖。
這樣，你便無險可守一蹶不振，
險峻的東方大門已完全敞開；
當楚國前鋒已經威脅你王城，
你遷都於枳[3]，尋找榮耀的城寨。
那段不須擎起的蕭穆與隆重，
成為子孫枯竭的思憶與疼痛。

1 陽關是巴為拒楚，連連構置的三道防線中最後一道防線，即今重慶長壽縣東南。

2 古地名，在今重慶雲陽縣，與今利川邊界相連。

3 古地名，即今重慶涪陵，戰國後期是楚國伐巴時，巴國連連敗退遷都涪陵。

71

退避閬中

隨著楚國向長江上游的推進，
變成巴楚間生死存亡的角鬥；
你早有了北移嘉陵江[1]的用心，
把枳都留給了你的王子據守。
這樣，你將會啟用劫難的浮財，
建築你閬中豐腴隆昌的盛世；
這樣，巴王室[2]留下傳國的血脈，
有了繁衍根基和你新的姓氏。
你將在這裡重新去學會耕種，
學會吆喝出一片堅強的陽光；
你將在這現在和將來的時空，
學會高舉你前赴後繼的力量。
就請華胥遠祖為你新生祝福，
這輾轉回歸原本就值得慶祝。

1 江上游支流，因流經陝西鳳縣東北嘉陵谷而得名。發源於秦嶺北麓的寶雞市鳳縣，經陝西省、甘肅省、四川省、重慶市，注入長江。

2 巴王室是與楚在涪陵、合川戰役前夕，巴王帶領部分人遷徙四川閬中建立都城的王諸。

72

威王滅巴

當陽關失守，時間上溯的序年，
楚威王[1]突然向你發動了襲擊；
你王子守枳，背水一戰的江灘，
巴人血液染紅了江水和旗幟。
這是一場多麼險惡的戰爭啊，
那假意的慈愛，那假意的援助，
均死於一場戈鉞廝殺的水下，
滋生江州和枳都並存的號哭。
你在一片水底，無法面對一場，
某個出征裡刀鋒劍刃的對決；
這時間將沿襲你顫慄的長江，
看見那一帆微妙莫測的詞闋。
那死而復生的餘暉以及圖騰，
將照亮你的掙扎前行的路程。

1　楚威王（？—前329），羋姓，熊氏，名商，戰國時期楚國國君，楚宣王之子，也繼承了宣王救趙伐魏與開拓巴蜀的格局，是戰國時代楚國繼楚悼王以後使楚國國勢發展最強的君王。

73

血戰合川[1]

當你將生死棄置歲月的渡口，
你不得不放棄枳都，退守合川；
在一切生或者死的過程之後，
面對一次次決絕如刀的對戰。
但你的頹廢怎麼能挽回敗局，
挽回你王子的尊嚴以及榮光；
你總是躲在不可遏止的疆域，
用悲涼語氣構建落寞的辭章。
接下來王子血戰餘生的故事，
是面對傷亡將士憂傷的表情；
當舉起那面投降強楚的旗幟，
讓巴人世代唾棄謾罵及痛心。
可憐吧，你這逃亡的傀儡懦夫，
你的膽怯將為自己挖掘墳墓。

1 今重慶合川區，巴國在楚國的緊逼下退居合川，背水一戰而亡，後楚國為了統治巴國，在這裡建立了傀儡巴國，建都合川。

74

傀儡王朝

在這個巴楚最後爭戰的合川，
你喪失的土地滋生的巴王朝，
是楚王居心叵測的傀儡王權，
是你庶子卑微的銅梁侯[1] 封號。
你無數次為這個王子的名諱，
為這個奴顏婢膝的後裔痛心；
你面對大地和長河無限羞愧，
愧疚於合川南津戰死的英靈。
你背轉身去，背對那一段故去，
任斑駁寨牆站成厚重的歷史；
你在月光悲涼撫摸下的廢墟，
讓一些鏽跡的雨蘊積成記憶。
你給了子嗣一副虛無的肖像，
可他沒遺傳你的精神和思想。

1　楚威王時，向巴國發動最後一戰，很快占領了巴國的軍政中心枳和江州，巴族的倖存者曾經退卻到合川南津，背水一戰，全部壯烈犧牲。楚王后封巴王庶子於濮江之南（今合川南津），號銅梁侯，以攝製巴人。

75

巫黔兩郡[1]

這樣的結局遠非你所能想像，

那楚國通宵達旦盤踞的夜空，

長出你流星下滑的火熱淚光，

隕落成搖搖欲墜，你堅硬的痛。

這樣他們就在你炙熱的大地，

建立了徹夜淪喪的巫黔兩郡；

從此，你陷於遙遙無期的統治，

就像流落你寂寞懷裡的石壎[2]。

如果你能重回一段豐饒故去，

在銷聲匿跡後拾取一段火焰，

照亮你悽楚茫然，落魄的疆域，

相信，絕對有高過頭顱的吶喊。

所以，你不再死亡、沉默和順從，

反抗的力量促使你成為新寵。

1　即巫郡、黔中郡，是楚國侵占巴國後向西南擴張的據點。

2　壎是中國古代的樂器，前身叫作「石流星」，原為狩獵工具，後因中空有聲，被作為樂器，在金、石、土、革、絲、竹、匏、木八音裡面為「石」音，其多為石製，也有骨製，後為陶製，約有七千多年的歷史。

76

流亡五溪

在你有生年月那清晰的韻本，
還得說說你另外一支倖存者；
誦唱一個關於巴氏兄弟五人，
如何流入黔中後繁衍的詩歌。
那一灣初下落日暖暖的光芒，
就像一粒來源於地心的種子；
在你成癮的思索中遙遠地方，
是那酉辰巫武沅五溪的故事。
而在你虔誠盤旋的那片天空，
把一切生或者死的性靈喚醒；
你憐愛目光探視的武陵蠻雄，
正構建一個繁榮昌盛的場景。
越是卑微的種子在窮越土地，
將越會具有逆境生存的能力。

77

楚人遷巴

自古來，人類的發展以及進步，
是一個不斷推倒重來的歷程；
而人類在文明長河自我救贖，
是相互融合互為影響的過程。
所以，楚王那日夜所思的居心，
將更多楚人遷往占領的巴地，
以此監視傀儡王朝和巴人民，
去實現完全統治的良苦用意。
但這個巴楚犬牙交錯的結構，
不妨看到文化交流的另一面；
不妨拋去誰被誰統治的因由，
看特定歷史，文化融合的詩篇。
這樣，沒誰願意關心誰能稱王，
重要是能給予人民溫飽健康。

78

下里巴人[1]

那麼以下里巴人命名的詞牌，
高過少有人吟和的陽春白雪[2]；
因你卑微而高尚的藝術形態，
演變成通俗易懂朗朗的聲樂。
那就是一個萬分宏大的場面，
萬人都將高舉火焰把你唱吟；
即便那高貴繁華的楚王宮殿，
都有你乘風而來不絕的巴音。
在這裡，所有人都會置身事外，
忘記那劍光血影攻伐的戰場，
忘記名分私慾及利益的存在，
在絕句的岸邊舉起明媚陽光。
這種文化交錯和更迭的過程，
如你被絕妙女子深透的心門。

1　戰國時期，楚國民間流行的一種巴人傳唱歌曲，後比喻通俗易懂的文學藝術。

2　原指戰國時代楚國的一種較高級的歌曲。比喻高深的不通俗的文學藝術。

79

蜀楚夾擊

事實上，歷史的車輪從沒止步，

就像周而復始的太陽和月亮，

諸如一些你早就厭倦的殺戮，

藏於那憂心忡忡設防的山樑。

你其實已經遠遠離開了征戰，

只想在川東北，僅有的一隅裡，

帶著你巴民復建閬中的家園，

讓自由的陽光充滿愉悅詩意。

但在這風聲鶴唳的熱血年代，

你已和戰爭結下不解的緣分；

你在蜀巴楚錯綜複雜的域隘，

無法在蜀楚夾擊中獨善其身。

你天生的奴僕只為戰神而活，

命運哪能輕而易舉將你放過。

80

交好於秦

那麼你總得為自己尋求靠山，
在這個悲聲淒淒的狹窄鄉土；
那樣你才會有一個美好春天，
安放你多年的疲憊以及幽苦。
這樣，你將會與秦國不謀而合，
建立了一種戰略互動的關係；
這樣，你們架構起了共生準則，
藉助秦勢抵制西蜀東楚夾擊。
而秦與你交好則是你有勁卒，
並占據著那浩蕩的長江天險；
那樣就可借用航道東向伐楚，
將你巴作為伐楚的戰略跳板。
秦惠王[1] 遠交近攻[2] 的策略構想，
是你單純幼稚的淪陷和滅亡。

1 本名嬴駟，秦孝公之子，公元前三三七至前三一一年在位，年十九即位。秦國在秦惠王朝是一個大發展時期，不僅打通了中原通道，而且奪取了魏國的河西郡和上郡，攻滅了巴蜀，占領了漢中，使秦國的領土面積驟然擴大了數倍。更重要的是，巴蜀、漢中與秦國的本土關中一樣，是當時第一等的良田。

2 這是戰國時秦國採取的一種外資策略，即聯絡距離遠的國家，進攻鄰近的國家。

81

苴侯[1] 奔巴

你那自我舔舐的傷慢慢修復，
並在相互傾軋中你變得英悍；
當你開始虛與委蛇，另有所圖，
就慢慢看到飄泊的一個江岸。
當蜀王為了獲取更大的利益，
大肆討伐那與你臨近的苴侯，
你不得不面對一場詭異局勢，
小心謹慎地分析來去的因由。
當面對苴侯孤獨絕望的求助，
你不得不奔赴那馳救的疆場，
拿起你鏽跡的武器，聯苴抗蜀，
避免苴侯這緩衝地帶的消亡。
幫助別人實際是幫助你自己，
在這場戰爭尋找利益的契機。

1　戰國初，蜀王九世開明尚稱王之時，蜀國征服巴國苴人集聚區後，蜀王封地給他的弟弟於蒼溪縣北至漢中以南之地，封其弟為苴侯，這裡又名苴侯國。苴侯國都邑在嘉陵江與白龍江交匯的吐費城，被命名為葭萌。

82

求救於秦

從一開始你就已經打錯算盤，

讓內核滿滿的躁動以及孤獨，

屈死於一場情非所願的夢幻，

那挪足潛行自我經營的依附。

你望著苴侯奔波歷難的心腸，

哪裡有足夠的實力改變困境；

於是，你與苴侯求救遙遠北方，

希望強大的秦國能出師東進。

於是，在這如影隨形的戰爭裡，

你們那各自暗暗盤算的心中，

已經勾描出一段淒壯的故事，

變成蜀巴和苴侯沉淪的夜空。

要相信自我，不要去輕信別人，

掌握命運，建築價值以及前程。

83

秦滅蜀巴

戰國時代那擅長的合縱連橫[1]，
是千絲萬縷詭異難辨的體系，
會讓你防不勝防和痛不欲生，
刺痛你一生一觸即碎的記憶。
歷史好像一直都在重複演唱，
如同過去中，巴蜀爭戰的歲陰；
那蔓子將軍請師於楚的淪喪，
構成楚乘勢中，你消敗的發音。
這樣，張儀[2]和司馬錯[3]成了主攻，
在長驅直入率師滅蜀的疆場，
移師東進，俘虜巴王，輕取閬中，
造就你巴國重蹈覆轍的滅亡。
你忘記曾經慘不忍睹的教訓，
反覆表現出自以為是的愚蠢。

1 合縱連橫簡稱縱橫，戰國時期縱橫家所宣揚並推行的外交和軍事政策。「合縱」，即「合眾弱以攻一強」，就是許多弱國聯合起來抵抗一個強國，以防止強國的兼併。「連橫」，即「事一強以攻眾弱」，就是由強國拉攏一些弱國來進攻另外一些弱國，以達到兼併土地的目的。

2 秦國大夫，魏國安邑（今山西萬榮）張儀村人，魏國貴族後裔，戰國時期著名的政治家、外交家和謀略家。曾師從鬼谷子，學習縱橫遊學。張儀學業期滿，求事於魏惠王不得，遠去楚國，投奔楚相國昭陽門下。後因和氏璧受楚相國昭陽屈辱，離開楚國，來到秦國。秦惠文王即位後，堅持孝公時代「任人唯賢」的方針，在公元前三二九年，被秦惠文王拜為客卿，直接參與謀劃討伐諸侯的大事。

3 秦惠王時期將領，司馬遷的八世祖。縱橫學家。

84

國殤血淚

你是個不被眷顧的不幸之人，

無數次死而復生的消敗滅亡，

是你無以復加的恥辱和憤恨，

一個毫無退讓長期霸占的傷。

那麼，將如何把他們送上被告，

去陳述一場時日無繼的答辯；

那樣你可有圍攻誅伐的微笑，

在儒雅的沉醉中流露出歡顏。

而關於你的亡國遺恨的消息，

在秦國那放蕩不羈的馬蹄下，

掙紮成重枷深囚的落魄樣子，

突兀成一幅麻木呆滯的晚夏。

這世界哪有不想占有你的人，

誰能願意浪費這豐腴的資源。

85

伏於秦國

當晚風拖著失意亂竄的尾巴，
你憂鬱的臉宛如沉歸的山巒；
那蔓延四野一蹶不振的煙霞，
寫滿失望與渴望傾軋的意願。
你望著那黑夜之神漸趨降臨，
眼睛已經穿越了時空的屏障；
你暗暗燃燒奔流不息的身影，
分明有一道刻骨銘心的刺傷。
你知道沒有多少飲泣的日子，
就像故國那日漸絕殤的沉鬱；
那無比淒豔，咳血成傷的美麗，
惻隱於一場十月征伐的故曲。
歲月是一道爬滿惆悵的長梁，
在心中塑立成為蒼涼的高崗。

86

世尚秦女

你並沒有屈服，而是在用反抗，
把自己站立成為堅硬的大風；
即便你做了秦國賜封的君長，
依然尚存你復國開疆的春夢。
這樣，在這個蕭瑟的亡國流年，
你時不時的反叛總讓人擔憂；
而那世尚秦女[1]許以你的姻緣，
只為顧及你漸趨潰瘍的感受。
這樣，你開始居於溫婉的懷中，
在抱殘守缺的領地忘記進取，
醉心於一個錯落別緻的虛空，
去迷戀一場虛無縹緲的榮譽。
對於失敗不是順從以及接受，
而是在於勇敢的爭取和奮鬥。

1　巴國滅亡後，秦惠王並巴中，以巴氏為蠻夷君長，統治舊地。除此外，秦惠王採取和親手段，選舉秦國的美女，世代許配給原巴王室，以達到籠絡和統治目的，而便於管理實施的一個政治策略。

87

秦巴盟誓

你總是在排斥和順從裡掙扎，
就像那一場無法估摸的未來；
你不知道那婉約浪漫的年華，
惆悵了多少水墨寒煙的眉黛。
當你與秦昭王[1] 在橫亙的疆場，
寫下銅柱儒雅而高尚的語詞，
就讓鮮活血液染上和平曙光，
結下了一個永不叛逆的盟誓[2]。
也因此，你那如釋重負的曲譜，
暗結於一觴清酒牽絆的流年；
那一雙秦巴盟約的黃龍信物，
構成你多年偏安一隅的孤寒。
請記住，這共處中的忠信仁愛，
不要成為了信口雌黃的買賣。

1 秦昭襄王（前325至前251），嬴姓，名則，一名稷，是秦惠文王之子，秦武王之弟。

2 秦昭王與巴人盟誓，「秦犯夷，罰黃龍一雙；夷犯秦，輸清酒一鐘」（見《後漢書·南蠻西夷列傳》）。秦統一天下仍以「巴氏為蠻夷君長」，統領舊地。

88

助秦伐楚[1]

秦國那稱霸的企圖日漸清晰，
你茫然無措滿是汗液的手掌，
刻滿了巴蜀十萬伶仃的影子，
刻滿一整夜無始無終的念想。
於是，你聚攏斑駁游離的靈魂，
用相隔甚遠悲慘不止的人生，
譜寫始皇那戰車滾動的音韻，
為楚國艱辛的韶華奉上悲聲。
那麼你將為這激昂歲月占卜，
發動艱巨無比而凌亂的攻勢；
救贖你一直默不作聲的憂苦，
及身陷泥淖慢慢消瘦的軀體。
你覆水難收，粗俗幽雅的語句，
只有失敗者才會糾結於過去。

1 秦始皇執政時期，公元前二二六年，秦王政不失時機地從北方伐燕前線抽調秦軍，大舉兵力南下攻楚。在此期間，巴蜀曾出軍十萬助秦伐楚。公元前二二三年，秦軍攻占楚都壽春（今安徽壽縣），俘虜了楚王負芻，楚國滅亡。

89

地廣物豐

這場勝利實際是資源的勝利，
諸如一些大量的丹砂和食鹽；
如果沒有這地廣物豐的支持，
秦怎能實現一統天下的宏願。
你在這失利的時候變得冷靜，
變得沒有任何遺漏，毫無隱藏。
那翻起的稻浪就像一片森林，
有亭亭玉立依依不捨的芬芳。
而你其實就像一個密佈孤獨，
落滿惆悵及周身瘡痍的患者；
讓你這淡情重利的沒落商賈，
變身為一個踽踽獨行的歌者。
你看著別人佈滿快樂的光輝，
卻流下日夜憂傷成疾的淚水。

90

助漢滅秦

你自艾自憐漸漸風化的信仰，

萎頓成支離破碎的蹩腳文字；

就像早年裡似曾熟悉的戰場，

緘默成獨自暗暗垂成的記憶。

假如助漢伐秦是你的座右銘，

你手掌將會緊捧著你的餘溫，

用誤入圈套經久不息的大音，

重歸你顛沛四方遙遙的圖騰。

於是，你這個日益豐滿的軀體，

暗結著一場偉岸健碩的心動，

在佈滿繁星的那一條河流裡，

雪恥被秦吞併及消磨的恢宏。

如果時光不死，你尚存的生命，

將會耕耘出一種不同的心境。

91

五溪之長

是誰讓你去忘記了一場哀愁，
伴守著一盞歲月清瘦的孤燈；
是誰讓你無邊思緒恣意遊走，
留下了一段秦腔殘破的餘恨。
你始終留在那黔中的五溪中，
用一段遠古的琴音低吟淺唱，
譜成厚愛仁慈，許功記德的頌，
妝添你繁華厚重穩健的榮光。
這樣，你將隨著溪流飄向遠山，
銘刻著漢朝縱横交錯的溫情；
你將帶著一個民族完成夙願，
繁衍那一場興旺發達的約定。
興衰榮辱猶如一道驚濤駭浪，
轉瞬之際總會令人防不勝防。

92

故國遺愛

清江，就像結滿哀怨的母親河，

訴說著故國寒風淒淒的遺愛；

你曾挑燈回望，透支以及沒落，

那一段淚光顛覆的霜雪年代。

你心中有道永不風乾的印記，

有一場清晰如畫的美麗時光，

和怦然心動情節如初的記憶，

讓你無法忘記過去，忘記離殤。

也許，你已經聽見了雲的聲音，

已經聞到風青翠欲滴的味道；

那麼你將會在這個冰涼的語境，

揣摩你一世燈火闌珊的歡笑；

人生就像那漫漫求索的旅程，

讓痛苦死去，而活著的是真誠。

93

設衙羈縻[1]

就像這用心良苦的羈縻世制，
在大宋王朝那溫雅的安撫下，
化解了舊日陰雨連綿的關係，
讓你在遙望的殘月，忘記征伐。
而那些關於你的榮耀和地位，
將毫不吝惜原封不動的保留；
你只需去學會朝貢，構建堡壘，
做帶領土兵慎守封疆的土酋[2]。
你終於復活了你早逝的過去，
讓柔軟的心繾綣成一幅肖像；
你塵埃落定痴心未改的心曲，
只為將一種死亡塗抹上光芒。
這給你土著各族施以的小利，
只為將你深囚於麻木的心裡。

1 羈縻是宋、元、明、清幾個王朝設立的一種土官制度。「羈」就是用軍事和政治的壓力加以控制，「縻」就是以經濟和物質利益給以撫慰。

2 世代盤踞其地的大姓裡，具有較高威望的人氏，負責當地的政治、經濟、文化的土著首領。

94

立柱結盟[1]

當年代久遠，漸漸抹去了痕跡，
那段如水的日子散發著芳香；
你開始仰臥於一片幽靜土地，
坐擁你一生清雅恬淡的時光。
你始終相信生命輕依的路口，
某些深藏於心的味道和色彩；
這樣，你立柱結盟高唱的歌喉，
讓一顆心在浮躁中安靜下來。
你一直相信漫卷雲舒的天空，
彌留著他們無暇細顧的幸福；
你總是在這亂世開耕和播種，
靜守著劃界定約的王道樂土。
這現在所擁有的自由的地方，
猶如一本遲還你的歷史欠賬。

1 統治者頗為注重經略西南少數民族地區，對那些世代盤踞其地的各族土酋大姓，採取了種種恩威並施、撫剿相濟的手段。為防止各族首領反叛，宋朝地方政府常與各族首領訂立盟誓，刻在銅柱和石柱上。據《施南府志》記載，在施州南二百七十里立咸平石柱，在施州南三百里立天聖石柱。每次盟誓，由盟主、監盟執行，均受誓主約束。

95

亂世之秋

你因為血統，一開始就與國家，
突變了一個難解難分的基因；
那秦磚漢瓦堆砌的興衰榮華，
讓你沉醉於唐詩宋詞的遺音。
你終於沒能去躲過一場劫難，
那歷朝歷代分分合合的戰爭；
你總在蜿蜒起伏的歷史末端，
步韻那一場曲折幽暗的發聲。
也許，你在這幾千年的歲月裡，
從沒有感到過安寧、祥瑞、慈愛；
你總是高舉戈鉞爭鬥的虎旗，
在亂世紛紛的年代浮沉搖擺。
你只不過是那歷史的犧牲品，
盛裝悲傷和苦難的戰爭器皿。

96

抵禦元軍[1]

當強大的蒙古族在東方崛起，
你卑微簡陋的時間如何抵擋；
就像龐大的奮然而起的馬蹄，
已經突破你高山隔阻的屏障。
他們和你一樣有相同的過去，
是馬背上那刀口舔血的民族；
續寫分崩離析裡斷代的戲曲，
演繹出一場水土不服的殺戮。
事實上，歷史以來的所有戰況，
都將是你們自相殘殺的故事；
就像你短暫的防禦以及抵抗，
這勇猛善戰惹滿鮮血的武器。
面對死亡沒有誰不無動於衷，
就像你負罪內疚，痛苦的心胸。

1 成吉思汗砲兵與蒙古騎兵所向披靡，令人談虎色變，西方人把蒙古軍隊稱作是「上帝之鞭」。而對打著「元林元」旗號的蒙古漢族聯軍被阿拉伯人、波斯人、東歐人稱為元軍。一九一二年蒙古國號元，取《易經》「大哉乾元」之義，正式改蒙古帝國為大元。

97

蒙夷分治[1]

這樣，你那縷昔日淺唱的餘音，
將穿過時間悱惻纏綿的天空；
也許，你們早就習慣一種心境，
習慣於一種相安無事的唱誦。
那麼，將參照羈縻州縣的基礎，
推行蒙夷分治，予以你重利；
委以流官，授以權柄，加以監督，
做你躊躇滿志中的封疆大吏。
而你，將具有一座虛假的廣廈，
在陽光下做清香滿懷的春夢；
你將接受承襲陞遷以及懲罰，
履行募軍徵調和納賦及朝奉。
世上哪曾有不勞而獲的好事，
讓你輕易分享這場無端高利。

1 元朝對西南部少數民族地區的治理，在總結歷代封建王朝、特別是唐宋以來推行的管理制度基礎上，創立了蒙夷分治的辦法，朝廷委派流官，起用當地大批土酋為土官，施行流官和土官共同治理邊蠻的辦法。土官即土司。

98

藩王土司[1]

你用歲月堅硬而鋒利的刀筆，
書寫你土司漫歌離合的梗概；
就像憂色的扉頁，那簡短序記，
在山脈暗黃的末端落滿塵埃。
你總在自己與世隔絕的領域，
暗暗緬懷，暗暗蘊集一種慾望；
那光陰荏苒逐漸炙熱的情慾，
在幾經周折的生命微泛紅光。
儘管你在多次大肆盤剝之後，
變得繁華富有，已經榮光加冕；
但你這獨自垂憐的深山王侯，
只會有溝壑萬道的無限遺憾。
別以為擁有權利就主宰萬物，
面對時光你的一切皆為虛無。

1　在少數民族地區則設專門機構管理，即土司，一般分為兩種：一種由軍事部門管轄，如宣慰司、宣撫司、安撫司、招討司、長官司等，長官為宣慰使、宣撫使、安撫使等；另一種是由行政部門管轄，也設府、縣等，官員稱土知府、土知縣，通常由少數民族頭人擔任。

99

軍事建制[1]

就像你的曾用心良苦的陣法，
那一場柳劍戈鉞撞擊的銅罄；
就像你儼然替補的一場廝殺，
那兩翼依然五營嚴整的隊形。
而你將以二十五人排列為旗，
並按照二十四旗為一個方陣；
以一三五七九五列的尖錐體，
去進行一場所向披靡的戰爭。
記得每次戰爭你會身先士卒，
會以穩如泰山之勢續寫輝煌；
這樣，你將無堅不摧進退自如，
安然無恙地馳騁在邊蠻疆場。
因為你勇猛善戰的指揮才幹，
總是會成為王朝的主力兵團。

1　土司軍事力量雄厚，最多的有上萬土兵，其軍事編制分前、後、左、右、中五營。作戰時，一般二十四旗為一個方陣，每旗二十五人，由各旗旗頭統領。遇到戰爭代，土兵的戰法特別，其排兵佈陣為一、三、五、七、九計二十五人呈三角形陣型，手執利刃整體推進。在與敵交鋒中，前面的土兵倒下，後面的土兵依次補上，隊列始終不會自亂。這種前赴後繼視死如歸的英勇氣概，讓所有的對手都不寒而慄。

100

農奴時代

那麼，對於你叉木為架的宿命，
隨時將遭遇刑罰的生命危險；
你癱軟無力編竹為牆的家境，
在土王[1]貪婪的心裡貧窮不堪。
這是一個等級森嚴，獨裁專橫，
隨意俘虜殺戮的農奴制時期；
你滴汗流血，黯然神傷的收成，
將把你變成屈服順從的奴隸。
但你總會使盡全力掙脫束縛，
以反抗方式獲得自由和尊重；
在地廣物豐，綿亙偉岸的山谷，
給你僭越時，磚瓦鱗次的認同。
無論卑微土民還是至高土王，
你們的血統和死亡將會一樣。

1 土王有擁生殺、可刑罰、領封底、收租賦的大權，土司的住房「綺柱雕樑，磚瓦鱗次」，「許樹樑柱，周以板壁」，土民的住房「叉木為架，編竹為牆」，不得超越等級標準，否則治以「僭越」之罪。這實際就是奴隸和奴隸主的關係。

101

客額鬥智

當你漸漸長大漸漸懂得慈愛，
你的智慧就覆蓋了一場失落；
當你遊走古今，滌盡歲月塵埃，
時光便悄無聲息，從身旁滑過。
你們為了村寨裡的擺手活動，
向土司借那三件祭祀的器物；
在付出勞動后土司無動於衷；
不願借弄弄、補色和弄涅也屋[1]。
你日客額和地客額[2]見義勇為，
哪能容忍這吝嗇小氣的土司，
你讓燕子銜了火星燒燬屋圍，
讓土司墨比卡巴[3]悲歌和哭泣。
你們是深山信任的兩個能人，
構成你與土司間智慧的鬥爭。

1 弄弄、補色和弄涅也屋是擺手活動中所需要的三種祭祀器物。

2 日客額、地客額是土家族擺手歌裡面記錄的兩個見義勇為的英雄。

3 墨比卡巴是土家族人名，是土家族地區一個比較吝嗇的土司。

102

建都司城[1]

當你變得逐漸龐大以及自信，
將選擇一塊風水大利的寶地，
用你日夜收受的糧食和金銀，
建築你榮華鼎盛的土王城邑。
你願用那畢生的積蓄去妝容，
一場沒有結局和期限的司城；
在春去秋來的光陰彰顯恢宏，
書寫不曾老去而華麗的歡聲。
這樣，你將龍行蛇舞，揮筆醉書，
蘸墨成一首芳豔老氣的詩句；
在一片閒雲野鶴的鄉邦故土，
安放你深重喘息的青春過去。
你將和你的土司城一樣古老，
在時間的陰影後面垂首禱告。

1 即西南地區土司修建的官衙，採用皇城的建築格局，為土司羈縻地區的政治文化經濟中心。

103

明夏據蜀

當元朝日漸蕭條衰落的氣數，
在義軍突起的年代慢慢止息，
你便感到一種自由以及幸福，
感到一片光明下盎然的生機。
你不再有那不言不語的憂鬱，
去討論歷史的歸屬以及對錯；
你將和明玉珍[1] 一起在這疆域，
跨上喂熟的馬匹去點燃戰火。
那樣，你沒有理由去迎合虛偽，
去看元上都陰暗沉鬱的臉色；
你已經在一道山崗站成堡壘，
布下你和紅巾軍[2] 防禦的溝壑。
但這在飄搖年代沉積的悲哀，
是歷史長河搖晃不止的鐘擺。

1 明玉珍，元末義軍領袖。明玉珍在二十二歲時參加徐壽輝領導的天完紅巾軍，任統軍元帥。後奉命領兵西征，平定川蜀。於一三六二年稱帝，建都重慶，國號大夏，年號天統，立妻彭氏為皇后，立明升為太子。

2 又稱作紅軍，是元朝末年起來反抗元朝的主要起事力量，該事最初是與明教、彌勒教、白蓮教等民間宗教結合所發動的，因打紅旗，頭紮紅巾，故稱作紅巾或紅軍，又因焚香聚眾，又被稱作香軍。

104

蠻夷[1] 自固

你總會在那朝代更迭的黑夜，
徘徊於反抗和順從的假象裡；
你在深思熟慮後會拿起銅戈，
適可而止的證明你重要價值。
你經過一番簡單粗糙的抵禦，
將退避大山城寨安然於等待；
讓大明朝用好言安撫的旨諭，
給你那名正言順的榮耀姿態。
這樣，你將在蠻夷自固的高崗，
凝視你那顆欣然綻放的內心；
讓你拋去歷史行囊，重新起航，
暗結一個屬於你的甜蜜意境。
這種不謀而合交易過程背後，
你儼然一個買進賣出的老手。

1 中央王朝對邊遠蠻荒地區的泛稱。

105

順歸明朝

當大夏王朝短促呆滯的音符，
黯啞於深山無邊無際的高地；
你便順理成章的順襲了司主，
做明朝統治邊蠻的封疆大吏。
這樣，你曾經滾燙激盪的胸懷，
慢慢的冷靜如鐵，趨向於平淡；
你浮生魅影，穿過歲月的霧靄，
搖曳你荏苒光影巍峨的豐年。
但你那漸老的青春是否依舊，
是否能熬得住這洶湧的態勢；
在恩威並舉蠻夷監治[1]的山丘，
緘默成你那無聲無息的記憶。
面對歷史反抗只能加速死亡，
順從才會給予你無上的榮光。

1　這是中央王朝為了統治邊邑蠻荒地區，對不被教化的山民施行的一種管理手段，即以蠻治蠻、以夷制夷，讓當地的頭人自己管制本地區。

106

平叛四方

那些年，你時常被明朝廷徵調，
讓你和你勇猛士兵平叛四方；
你總在戰場發出死亡的厲嘯，
獲勝後安然無恙地回返故鄉。
你心中有種難以割捨的情愫，
有一種撕心裂肺的生離死別；
就像你對起義軍的剿滅殺戮，
有一種兔死狐悲自憐的壯烈。
但這次倭奴[1]來犯，除夕的火焰，
還沒在窮鄉僻壤的黑夜升騰；
還來不及與相依的家人團年，
就帶著青郁的生命趕年出征。
如果為王朝平叛是自相殘殺，
但這次將結滿民族精神之花。

1 倭奴是對日本人的賤稱。另外也把倭奴叫作「倭寇」，在正史中，從《明史》開始，將「倭」和「寇」一起使用。《明史》的「倭寇」中的「寇」字，是動詞，表示「侵犯」或者「侵略」。照現代譯法，倭寇就是「日本侵略者」的意思。

107

殺牛出征

所以你每次出征都將會占卜，

為你旦夕禍福舉行戰爭儀式；

你還會以詩神名義朗誦咒符，

美化那一場唱神祈福的祭祀。

而你一定會去牽出一頭白牛，

讓自己握刀的雙手沾滿血腥；

你一定會行走於潘盛和腐朽，

用眾人的目光擺上五牲供品。

你在這場鬧劇裡扮演的角色，

讓武士斬斷神樹上白牛頭顱；

你萬分虔誠聚精會神地觀測，

那無頭之牛的進退，判斷勝負。

你這個古老巫術信仰的印記，

隱含借神力鼓舞鬥志的意義。

108

浙東抗倭

記得那是個千里迢迢的四月，
永保土兵[1]遠離故土來到海邊，
拿著鉤鐮槍開闢自豪的功爵，
抗倭於這波濤洶湧的石塘灣[2]。
你們驍勇善戰，痛擊厲倭頑寇，
讓那餘孽倉皇逃竄，敗走平望[3]；
你們不顧關山疲頓，熱血相酬，
在王江涇[4]與那倭寇短兵相抗。
這樣，你們豪氣衝天，志貫雲霄，
鑄就了勝利，贏得讚許的掌聲；
那不懼生死，無與爭鋒的榮耀，
將與故鄉那輪太陽一樣永恆。
而關於你抗倭中取得的輝煌，
完全在於來自於正義的力量。

1 即永順和保靖土兵。嘉靖三十二年（1553 年）冬，嘉靖皇帝准允，急調永順、保靖等土司九溪衛所的土家族士兵赴沿海抗倭。次年四月抵達沿海，參與抗倭戰役。

2 今江蘇無錫石塘灣。

3 今江蘇吳江縣之南。

4 位於江、浙交界處，即今浙江嘉興王江涇鎮，南與嘉興市區相接，北與江蘇省吳江盛澤鎮一橋相連。

109

勇士殤歌

當歷史煙霞時光在述說疼痛，

你波瀾不驚的渡口立於心間；

當歲月無窮的標竿直入蒼穹，

你奉獻的生命停留在那山巒。

早年你就是大山鍾愛的後裔，

是你妻子那般深愛著的丈夫，

是你阿巴[1]曾含辛茹苦的兒子，

他們曾對你寄予遙遙的祝福。

但那是一個慘烈淒怨的冬天，

你在面對凶倭厲寇的疆場上，

走在與敵廝殺拚鬥的最前沿，

用不幸的頭顱染血成了榮光。

而你生命踐行的責任和道義，

讓你的精神遺愛於人間後世。

1 土家族稱謂，即爸爸、父親的意思。

110

黃中反明

你黃中[1]看清了明朝以蠻制蠻，
那以夷制夷，居心叵測的用意；
你感到民不聊生和苦不堪言，
面對著相互傾軋的各路土司。
你插草為界，麇集土民和宗姓，
來到鄂西突兀險峻的船頭寨[2]；
你遠離龍潭[3]一段難言的心境，
建立你獨孤稱王的土王朝代。
你效仿歷代歷朝的綱舉制度，
分封官吏，開科取士，自立為王；
你為了能偏安一隅，結柵自固，
讓悍然的身影威震川鄂長江。
當面對殘酷的統治以及壓迫，
即便脾氣再好的人也會反駁。

1 黃中（1500－1566）明朝嘉靖年間龍潭安撫司支羅峒峒主，後反叛明朝，在今鄂西利川境內船頭寨自立為王。

2 位於利川市謀道境內，與重慶龍駒接壤。山寨地勢險要，四面懸崖，被三重山崖包圍，故有詩曰：「鐵壁三層盤古寨，螺峰四面護雄關。」

3 即龍潭安撫司，在今咸豐清坪龍潭坪。

111

插草為界[1]

在這廣袤、荒蕪且人稀的地方，
你打破漢人不得越種的禁令，
插草為界，招佃開墾，以完賦糧，
讓你能夠聚集財富窮奢荒淫。
除此，你還屯糧聚財買賣土地，
構建恢宏遠大而殷實的莊園；
用令人驚悚的刑罰加以箝制，
讓山民臣服於你土司的強權。
在這唯利是圖變本加厲年代，
你其實就是地主經濟的產物；
關於這日漸溫習的仁厚博愛，
是把山民精神、自由，恣意束縛。
那麼，這土司老態龍鍾的姿勢，
是世代贍養供奉的苦難標記。

1 在土家族地區，山大人稀，田土廣袤，所以土司打破漢人不得越種的禁令，土著各族首領對入遷的漢民不實行農奴制，而實行的是地主的土地租用制，以此吸納漢人進行耕種，以茅草作為田土地界標記。

112

夔東抗清

當那明朝滅亡，大順慘遭落敗，
遙遠而強大的清軍長驅進關；
你在局勢不明，國事無定時代，
響應夔東十三家[1] 抗清的誓言。
你們曾經共舉榮辱聯盟一方，
在那川東鄂西三峽遙相呼應；
建立了十三支抗清武裝力量，
以此靖安、據險自固、反清復明。
但是，你猶如撲火自焚的飛蛾，
在那無數次苦苦糾纏的背後，
你宛如一個不計成本的愚者，
做了永曆朝[2] 苦苦掙扎的王侯。
你在歷史進程獨自盤算之時，
如手足相殘自我戕害的故事。

1 夔東十三家也叫川東十三家，是活動在三峽地區，由川東、鄂西十三家將領組織的抗清部隊。

2 明朝與清朝膠著之期，明朝掙扎地過渡政權，即永曆政權。此政權建立於大清王朝順治三年十一月初八日，由明兩廣總督丁魁楚、廣西巡撫瞿式耜等，擁戴明神宗之孫，桂恭王朱常瀛之少子桂王朱由榔於肇慶稱帝，以次年為永曆元年。

113

清朝定鼎

那麼你又何必苦苦相守過去，
把一個腐朽破落的王朝救贖；
你得遵循那歷史演變的旨諭，
讓你的土民生活更好更幸福。
所以，在這個清朝定鼎的時光，
你已經放下曾經反抗的喧鬧；
用你期待不止的天真和幻想，
發自肺腑的忠於這新興王朝。
而你將在那認同下恣意妄為，
扮演你拿捏擺譜的土司角色；
在一個分封承襲[1]的自詡堡壘，
做孤獨一生甘願為奴的王者。
這樣，順天應境明辨時勢的心，
讓你免成為那死亡的犧牲品。

1　清朝定鼎中原，參照明朝對邊蠻地區的管理制度，繼續推行以蠻治蠻，以夷制夷的土司制度，規定土司可承襲，擁生殺，需朝貢，供徵調。領兵人員不限，朝廷不擔負養兵責任。

114

朝貢上都

但是，面對你玲琅滿目的進貢，
並沒有拍案驚奇和目不暇接；
你將會在這平淡出奇的時空，
聆聽不咸不淡的安撫和威脅。
而你在大殿，將會表現出恭順，
每次都故作惶恐而感恩戴德，
讓他們感受到你潔淨和清純，
感受到這份萬分珍惜的福澤。
這樣，你將因此得到更多賜予，
得到更多認同及更多的加封；
在你那流轉千年的世代疆域，
安放你生命春暖花開的兆豐。
他們針對你的誡勉以及賜號，
就像那假意慈愛的一場關照。

115

武陵茶韻

那麼，你除了這聖主仁心仁德，
萬分眷顧的無以復加的愛憐；
你還將會獲得大自然的恩澤，
獲得茶鄉中滿坡碧翠的香豔。
就像這場對苡禾娘娘[1]的祭祀，
讓年方十八的幺姑身披彩霞，
乘坐花轎，來到茶山，爬上木梯，
用玉手摘下茶樹王上的鮮芽。
這精心製作的綠茶瀰漫芳香，
使土司王心曠神怡神志清明；
而它散發的清香飄向了遠方，
變成了帝王萬般珍愛的佳茗。
如果世界萬物都是你的珍愛，
那麼你就必須去銘記和感懷。

1　苡禾，相傳為土家族最先發現茶葉的人，後人為了紀念苡禾娘娘，每年都要評出一位當年清明節年滿十八歲的土家族小幺姑，身著盛裝，由四個土家族小夥子用花轎抬上茶山，舉行祭祖儀式。

116

改土歸流[1]

你身為深山部族的土王司主，
在大山裡開溝挖渠，壘造畎田；
而那個極易腐朽僵化的年度，
被一個時代新的名詞所替換。
你被雍正[2]改土歸流分封遠地，
在一個陌生的城池漸被刈割；
但你曾勵精圖治的創業故事，
構成對故鄉日月輾轉的沉痾。
而這給予你模棱兩可的名聲，
總讓你暗揣的心裡明晰不清，
你接任流官，總是會小心謹慎，
像過去被徵調納貢那樣分明。
由此這光陰歲月繪製的語圖，
佐證你為王朝最忠誠的奴僕。

1 雍正執政期間，為加強皇權，統治邊蠻，廢除了以土酋、土官管轄土民的土司制度，將西南各路土司委以大小官職，分封外地做官，以此繼續為朝廷效力。這實際是一個削減土司權利，分化土司政權，加強中央王朝對邊民的直接統治的一項政治措施。

2 清世宗愛新覺羅・胤禛（1678－1735），滿族，是清朝第五位皇帝，入關後第三位皇帝，清聖祖康熙第四子，年號雍正，廟號清世宗。

117

白蓮悲歌

你沒有一尺可以活著的土地，
供養你及後裔悽楚楚的年華；
你總在一個飢腸轆轆的日子，
夢想著一場觸手可及的秋華。
但這個乾涸的歲月已經荒蕪，
抱守著草根樹皮剝食的辜辛；
你已經是貧困斯極不堪重負，
帶著你不止的血淚離鄉背井。
這樣，你探向目力可及的故鄉，
在嘉慶[1] 初年毅然投身白蓮教[2]；
用你盈盈悲辛的清風和月光，
寫下起義軍平平仄仄的辭藻。
對於這場讓歷史沉默的反叛，
源於一段曾水深火熱的流年。

1 清仁宗愛新覺羅・顒琰（1760年11月13日到1820年9月2日），原名永琰，清朝第七位皇帝，乾隆帝第十五子。年號嘉慶，一七九五年至一八二〇年在位。

2 白蓮教是一個民間宗教組織，是中國歷史上最複雜最神祕的宗教，源於南宋佛教的一個支系，崇奉彌勒佛，元明清三代在民間流行。嘉慶年間的白蓮教起義，前後持續了九年零四個月，最早參加者多為白蓮教徒。參加的人數多達幾十萬，其間，鄂西及川東地區土家族也加入了白蓮教起義軍。

118

血戰太平

你一直在渴望那夢中的福澤，
一個可安居樂業的太平盛世；
當石達開[1]攻占川東大片山河，
無不歡欣鼓舞，取起天國義旗。
你們轉戰川東和鄂西及黔中，
用鐵血身影抒寫流年的碎語；
在無數次與清軍鏖戰的時空，
讓你於萬闕清詞間棲水而居。
你只是歷史宿命開闔的悲歌，
而那與陽光決絕對望的瞬間，
模糊了細語哀聲的紅塵阡陌，
讓你孤身在銷聲匿跡的山巒。
其實這些戰爭不是你的戰爭，
是千百年來，追尋自由之本征。

1　石達開（1831－1863），小名亞達，綽號石敢當，廣西貴縣（今貴港）客家人，太平天國名將，近代中國著名的軍事家、政治家、武學名家，初封「左軍主將翼王」，天京事變曾封為「聖神電通軍主將翼王」，軍民尊為「義王」。一八六一年，太平天國翼王石達開率領部屬在苗族、土家族人民的響應下轉戰湘鄂川黔，逼使清軍紛紛後撤。

119

反清起義[1]

當歷史轉眼間進入十九世紀，
你在這鄂川邊區[2]將一闋婉約，
吟成了規模甚大的反清起義，
明媚了一輪波光朗朗的明月。
這是辛亥年聲勢浩大的革命，
是你邊蠻民族面對腐朽王朝，
一場先知先覺的反抗與覺醒，
一場煙霞中意境高遠的長嘯。
而你將長居這片咯血的土地，
這萬分巍峨俊秀，遼闊的山鄉；
你那曾振臂高呼，染血的歷史，
讓你屹立在太陽升起的地方。
因為你，清朝喪失的統治秩序，
拉開了民主初始的偉大序曲。

1 一九一一年初辛亥革命時期，資產階級革命黨人在鄂川邊區土家族、苗族聚居區發動了一次規模甚大的反清起義，參加的土家苗漢各族群眾數以萬計。

2 即今之鄂西土家族苗族自治州的咸豐縣、利川縣，川東的黔江土家族苗族自治縣、彭水苗族土家族自治縣、酉陽土家族苗族自治縣。

120

土家新篇

當你被正式命名為了土家族[1]，
這就是古巴民族華麗的轉身；
那畢茲卡[2]最深厚的物質基礎，
將彰顯你強悍而純淨的體徵。
這些年你活得並不那麼容易，
就像雙眼聚攏而散失的光芒，
淒涼或愉悅成你無聲的哭泣，
以及你一直百折不撓的遠方。
你其實就像中國大多數人民，
有著共同的血緣、文明和苦難；
而那些顛沛流離，無聲的悲哭，
將轉為時下陽光燦爛的新顏。
但是，這平等自由及民主和諧，
須以博愛的胸懷繼任和承接。

1 土家族是中國的少數民族之一，主要居住在雲貴高原東端餘脈的大婁山、武陵山及大巴山方圓十萬餘平方公里區域，分佈於湘、鄂、黔、渝毗連的武陵山區。

2 土家語，土家族人自稱為畢茲卡，意思是本地人。

第三部曲

舞動之靈兮

1

孕育之初

當生命從那恆溫的胎心出發，
讓十月眉目結滿嫣然的果實；
就像月亮與太陽[1]傳世的光華，
從撫摸指尖感受溫暖與顫慄。
這世界茁壯成長的蒼翠景象，
來源於大地萬物初始的情結；
宛如朦朧塵世沒驚擾的心房，
以靜謐方式裸露處女的馥烈。
你將隱秘於上古漂泊的途程，
從長風、落日及河的源頭巡遊；
以直立姿勢，沿襲遠祖的圖文，
拋下重囊，去踏出開疆的前奏。
而大地羞澀容顏和蒼勁氣勢，
將書寫成巴族詩意的繁衍史。

1 太陽和月亮是土家族神話傳說故事，太陽是妹妹，月亮是哥哥，兩兄妹結婚生了十八姓，繁衍了土家族人。

2

安胎祛邪[1]

當體內毫無防禦的胎動來臨，
顫抖的心彷彿鍍上不安顏色；
總在驚慌失措的睡夢中驚醒，
守著空濛星際，集結你的沉默。
難道是因褻瀆了至尊的家神[2]，
還是違反了繪聲繪色的禁忌；
這樣，安胎梯瑪擺下祛邪法陣，
在安居的堂屋掛上艾草篩子。
那樣，你會寧靜，籍憑金鐘護佑，
讓起伏神的歌撫摸幸福胎宮；
看著新月居於你寂靜的木樓，
跟著安胎曲進入嫣然的夢中。
而你將把陣痛、不適壓得很低，
遙遙浮想墨香依舊的竹枝詞。

1　土家婦女懷孕後，要請梯瑪做法事畫神水「安胎」驅除邪氣，大門上掛盛有艾蒿等藥草的篩子，意為避邪降妖，叫金鐘罩，在舉行安胎驅邪法事的時候誦唱祭祀神歌，保佑孕婦平安待產。

2　土家人相信自己的祖先死後演化為神靈，會繼續履行蔭佑子孫的責任和義務。

3

接生敬神

你從沒想做一個安靜的女子，

讓阿米麻媽[1]為你的生死占卜；

如同接生婆的手指，敬奉的來世，

讓撕裂胎宮的聲音，震撼木屋。

這樣你將蹒跚於炙熱的花雨，

看綽約韶華沉醉迷離的芳年；

而你因陣痛抽緊，鬆散的身軀，

滾燙的汗珠佈滿細密的發間。

那刻，你望著天空飛翔的渴望，

恰似雲端那十指緊掬的光影；

而那幸福的呻吟，生命的嚮往，

是悠揚土笛[2]一直合唱的啼鳴。

你將高舉原劫人遺落的靈光，

用掙扎的詞章，愉悅青春詩行。

1 阿米麻媽又叫茶婆婆，年輕時叫莎帕妮，是土家族的生育神，也是小孩的保護神。

2 土家族特有的吹奏樂器。

4

初臨大地

當降臨犁溝的四肢小心翼翼，
用聰慧的眼流傳無言的悸動；
讓懵懂醒於依窩阿巴的初世，
婉約阿涅[1]身影和殘餘的日中。
落地初淨的身子，發祥的丹山，
彷彿遠方逃亡者剛強的奔走；
那蛇行來路阿尼沁山的花環，
是白線紮結的臍帶溯流源頭。
事實上，這是偉大民族的新生，
是墨貼巴所創造的生命故事；
而路口挖掘的土窩[2]宛如星辰，
以男圓女扁的形式植入胎衣。
這巴涅察七夢中邂逅的白虎，
構成歲月對畢茲卡人的祝福。

1　土家語，即媽媽、母親的意思。

2　土家人自古就流傳著生了孩子挖個土窩的習俗。如果是男孩，須挖一個圓窩；如果是女孩，則挖一個扁窩。

5

解錢還願[1]

當巴族土王神祇蕭穆的祥光，

在緊鑼密鼓祭祀裡奏出高音；

那梯瑪環珮羅裙的身形粗狂，

唱和的歌詞充滿纏綿與荒淫。

這就是隱秘上古的陳年舊事，

用一尊面具[2]灼熱荒蕪的天空；

而你將烙上解錢還願的印記，

用不惑的逆光，敲響庇護洪鐘。

那是場多麼虔誠的頂禮膜拜，

許與昂貴敬奉，結束如願叩首；

而神龕祈願的土碗佈滿大愛，

用那低迷的眼神與聖靈作謀。

你心照不宣的夙願滿載信仰，

讓傳代敬宗錯落成溫暖詩行。

1 未生育而想生育的婦女，要到天王廟或土王廟許願。許願時，將一個裝有灰的碗放到神龕上。生小孩後，得還願，得請梯瑪「玩」土王菩薩，給土王「解錢」。

2 請梯瑪「玩」土王菩薩，給土王「解錢」時帶的虎面具。

6

踩生[1]送吉

當太陽光芒穿透無邊之黑暗，
迎來不期而至的踩生客人；
那不聲不響放置身上的紅線，
將以聖潔展露畢茲卡的熱忱。
所以無意光臨不是毫無根據，
是塵世裡偶然和必然的契因；
那初生性別，籍母親處血裙裾，
父親汗岑的衣衫甄別和判定。
你就得解下腰帶為嬰兒祝願，
按五行排列的關係消除困厄；
取下堂屋香案上供奉的水碗[2]，
以保爺[3]名義為義子布送歡樂。
那生命備受尊重的隆重形式，
在婉約世界烙印護佑之標記。

1 踩生又叫逢生、踏生。踩生送吉意為踩生的人為剛出生或臨盆出生的嬰兒送來祝福。

2 土家族風俗，嬰兒出生後，喜歡哭鬧，其家人就在堂屋供奉一個裝滿清水的碗。三天內到來的第一個人即為嬰兒義父。嬰兒的家人會在這個人身上悄悄放上紅色絲線。而來人將會遵照主人要求，倒掉碗裡面的水，這個人就是嬰兒的保爺了。

3 即義父，如果前來的人是女性，也按照男性的稱呼不變。

7

娘家報喜

臉上淺淺的笑窩流露的言語，

像極了報喜[1]山雞浪漫的光澤；

一目了然的雞冠，五色的花羽，

印證阿涅深沉而清澈的神色。

但這別出心裁中表達的性別，

留下嫣然的脂香，壯年的流光；

就像河水沉靜而深厚的母愛，

讓配對山雞化為迴旋的鴛鴦。

沒有誰不為初臨的生命致慶，

在這個寂靜時刻，哽咽的人間，

祝福昨日的女兒變成了母親，

讓美好的日子，飄染幸福的容顏。

而這人世裡，蜿蜒曲折的時光，

將讓美好的姻緣，充滿著希望。

1 在土家族地區，在嬰兒誕生的當天，小孩的父親會將事先備好的一隻雞、酒、肉、糖果等禮品，送到女方父母家去報喜。報喜時不是用口說，而是用雞的性別來暗示。岳父母見了報喜雞便會在女婿回去的時候，根據送來的雞配上性別相反的雞湊成鴛鴦形式，交給女婿帶回。

8

洗三納福

瀰漫的晨陽馳於悠揚的路上，

清脆的雀鳴注滿蔥鬱的松濤；

諸如洗三[1]的日子翹首的張望，

為新的生命送上虔誠的祈禱。

那是炙熱的渴望，心田的水花，

艾葉[2]的清香融入圓潤的明月；

赤裸的身體，雞蛋滾動的光華，

像嘎娓[3]眼裡波光粼粼的詞闋。

而這刻，一場叩拜四方的洗禮，

像蒼茫原野，一頭撒歡的子牛；

從你穿上佈衣，將是新的開始，

將是遺落的文明傾心的贖救。

而這迷惘的靈魂嬗變的基因，

是春巴嬷嬷[4]鋪滿人道的大音。

1 俗稱打三朝，嬰兒出生的第三天，外婆將親自為嬰兒洗浴，用雞蛋在嬰兒全身滾，一方面是吸毒，另一方面取圓潤光滑的祝福之意。洗浴完畢，然後才正式穿上外婆帶來的新衣。

2 一種植物，一般和菖蒲同用，土家族會用艾葉菖蒲熬煮的水為嬰兒洗浴。

3 土家語，外婆的稱謂。

4 春巴嬷嬷是土家族女神之一，是嬰兒的守護神。

9

三朝吉慶

這肩挑背磨舉親而至的場景，
為巴族新生的精靈送來餽贈；
這吊腳樓[1]前佈滿歡顏的眾親，
讓吉祥福祿裝點明媚的心門。
所以，漫山遍野的清新的花蕊，
將喚回盛世，時光攀爬的流年；
就解下包頭帕擦去細密汗水，
宛如山邊那植入雲端的笑顏。
而娶親時節流通世間的火酒[2]，
飄逝的月光落滿霞彩的心上；
你不知將從何提及一場嬌羞，
這香飄四溢蓄意安排的新釀。
由此，不要忽視這三天的情感，
沒哪個土家神靈不把你愛憐。

1 土家族的傳統民居，多依山而建，其正屋建在實地上，廂房除一邊靠在實地和正房相連，其餘三邊皆懸空，靠柱子支撐。

2 這個風俗習慣是土家人接親時，男方送一罈子酒到女方家。生小孩後的第三天，娘家攜親友舉親而至，娘家特別用這個罈子裝上糯米釀成的甜酒送回，叫作「今天吃火酒，明年吃甜酒」。

10

命名[1]禮儀

看吧，為你命名時將煞費心思，
結合生辰八字[2] 注入姓的前綴；
然後根據梯瑪問卦循跡啟示，
構築你一生一世榮耀的名諱。
由此，有三個名字將供你入場，
一個是為你養息制定的賤名[3]，
一個是風雅學年預示的高尚，
一個是踏入通途福順的祥音。
那麼，對你這份愛將化為幸福，
不論你歡喜，你也就無從拒絕；
你只有感謝取名的嘎公[4] 的愛護，
讓獨立行走的世界充滿歡悅。
但你不要因這好名不思進取，
要通過努力把名號植入寰宇。

1　在打三朝的時候，在酒宴上為嬰兒取名字，一般會取三個名字。一個是易生養的賤名，一個是學名，一個是踏入社會的響亮名號大名。

2　根據嬰兒的生辰八字進行占卜的形式，即排八字。

3　土家族地區在為小孩取名時，考慮到好生養，取的很俗氣、很卑微的名字。

4　土家語，外公的稱謂。

11

滿月放腳[1]

你從青澀蛻變成熟的路經過，
宛如那山寨阡陌穿梭的光影；
那海壩排開的酒宴陽光閃爍，
祝願的紅雞蛋[2] 正慰藉你親鄰。
而你舞動著一襲莫白的蓮藕，
用分明的雙眼甄別人生未來；
白胖手指緊拉著粗壯的大手，
在見親禮儀[3] 備受注視和珍愛。
對於你，這或許是自由的開始，
放開的手腳戴上太陽的光環；
你是天使，你穿上嘎姥的新衣，
把人生分成了活生生的兩端。
但之前，不把放任的手腳捆縛，
就不會循道人世的道德正途。

1　土家風俗滿月酒，也叫祝米酒。嬰兒滿月之後將解開包裹，正式穿上衣褲，俗稱放腳。

2　嬰兒滿月這天用來餽贈親友鄰居的雞蛋，通常雞蛋表層會染上紅色，預示吉祥，分享喜慶。

3　土家族禮節，嬰兒尤其長輩抱出先給祖先神行禮，再給「嘎嘎」（外婆）家來的客人行禮表示感謝。

12

出月祭神[1]

這樣，你從睡夢裡的搖窩醒來，
穿戴新衣、虎頭鞋及闢邪蓮帽；
環珮褶裙、銀鈴箍子、長命鎖牌[2]，
演化你詩意人生璀璨的護照。
你被拉入一場初敬的儀式中，
向火神及灶神[3] 致以虔誠揖首；
護佑的十字[4] 在額頭種下福永，
化為你避邪壓煞的護身符咒。
這百般深愛的祭禮沒有結束，
須接受洗禮，獲得甘泉的撫育；
向井神[5] 進香，拋入雞蛋和五穀，
在阿涅溫柔的唇瓣初嘗甘雨。
這不是迷信，是為你健康成長，
遵循那古今崇拜的原始信仰。

1 嬰兒滿月的第二天，將會為嬰兒穿戴一新，向主祀的火神、灶神、井神叩拜祈福。

2 外婆家送來的給嬰兒佩戴的飾物，保佑嬰兒健康成長，長命百歲。

3 火神和灶神都是土家族信奉的家神。

4 在敬火神及灶神的時候，用鍋底的煙黑在嬰兒額頭上畫個十字，含祈福保佑的意思。

5 井神是土家族信奉的神靈，也叫水神。

13

丁日[1]出行

月窩裡禁忌的日子枯燥乏味，

宛如幼小思緒裡壓抑的嘆息；

如果還不把自由的心靈放飛，

叛逆本性會繞成粗壯的哭泣。

這樣，在精心選擇的丁日清晨，

在嘎姥、阿涅護佑下騎著鳳凰[2]，

馳向母性天堂，尋找遠古的神，

尋找初遇的人[3]，鎮伏精魅恐慌。

所以，你裹入精工繡製的搖窩，

與你笑靨如花的阿涅走出門檻；

沿襲至尊火神那燃燒的繩火[4]，

到嘎姥家開發你第一筆喜錢。

不論高位遊走得到什麼賜福，

你慵懶、失意將耗盡所有財富。

1　嬰兒滿月後的第一次出行，將選擇一個屬「丁」的日子，穿戴一新，由外婆親自將女兒和外孫接到其家小住三日。

2　在出行這天，將會放一隻公雞在嬰兒的搖窩裡，由母親背著前往外婆家。

3　出行前會帶兩個煮熟的雞蛋，在路途遇到的第一個人將請他吃雞蛋，這第一個人暗喻為開天闢地的人，將會為嬰兒帶來好運和福氣。

4　出行這天，外婆會拿一根繩子點燃在前面帶路，一路為嬰兒驅邪。逢上坡下坎，涉水過橋不斷呼喊嬰兒的名字，謹防嬰兒的魂魄走丟失。

14

百日開葷[1]

當日子穿過吊腳樓前的秋田，
風顛簸的足跡踏著炊煙前行，
平靜的雨水流入清澈的雙眼，
日漸硬朗的你萌發部落血性。
你渴望討要人間煙火的滋味，
壯行成年後福祿綿長的氣運；
就像牲畜的舌頭開放的味蕾，
放養你行走四方飛揚的青春。
你將會因為肉食蔬菜和五穀，
漫天遍野狩獵，鋪天蓋地耕種；
成為女獵神[2]虔誠的追刃刑徒，
火畬神刀耕火種不疲的農工。
弱肉強食是艱辛生存的法則，
化身為生命平衡生命的使者。

1 小孩百日之後第一次吃葷菜，去享受人間煙火血食。在開葷這天，嬰兒的父母要用筷子夾上牛或豬、羊的舌頭作葷菜，以羊舌頭為最佳。意思是小孩吃了，以後不挑食、不偏食。而且葷菜不能自家準備，需要從別的地方「討」來，據傳這樣小孩長大後會「吃四方」，福大運氣旺。

2 土家族女神，即梅山女獵神。

15

蹣跚學步

當你重疊的步履踩踏著山巒，
沒誰知道時間的深巷有多長；
像後照引領人們開拓的荒原，
清晨的陽光在你初醒的臉龐。
你從季節走過，從矮矮的竹籬，
如春巴涅、惹巴涅造人的身影；
你也就從不屑於爬行的日子，
掙扎離開阿涅和阿巴的牽引。
當然你這充斥了野性的模樣，
像極了牧野伐商擂響的戰鼓，
你身姿充滿遠古的不屈堅強，
行走在蜿蜒曲折的時光正途。
這鏗鏘步伐將在明媚的清晨，
開啟巴民族起源的偉大進程。

16

拜寄易養[1]

在黑夜忐忑的那個虛空上方，
啼哭的音色深結阿涅的愁緒；
從子時到午時那不安的心房，
如同灼熱的太陽，燃燒著憂鬱。
這樣，你的健康成了氏族責任，
在災難面前找到拜寄和依附，
諸如萬物和你生命依賴的人，
都是你一生富貴，易養的救贖。
你除父姓外，終將以新的名義，
成為你宏圖人生崇高的信念；
讓乞討百家的衣祿[2] 化為福祉，
化為你不屈不撓的高貴吶喊。
而你記憶的布片[3] 將寫進歲月，
讓很久的時間回到遠古的巢穴。

1 在土家族地區，父母為了小孩在成長的過程中無病無災，易養成人，還會將小孩拜寄於人或神、物之類。

2 小孩滿百日後，母親會為小孩到一百戶人家中討要布片，縫製的衣服為百家衣，討要的飯菜為百家飯，希望小孩健康成長，福祿綿長。

3 在嬰兒滿月後，母親要做一個「記性片」，在製作時用剪刀剪一塊布，折成三角形，縫在嬰兒衣領上，其意思是小孩長大後記憶力好，遇事不會忘記。

17

渡關接魂[1]

如果你忘記遠祖的詞彙語法，
用體弱多病的靈魂孤獨行走，
就得請打路通關招魂[2] 的梯瑪，
擺下那關煞[3] 的法壇，尋找因由。
如此，你的靈魂會在儀式完畢，
將會順利地登上陽光的彼岸，
順延少年裡風生水起的足跡，
預祝你繁花似錦和輝煌燦爛。
但是，你若活著就得學會本分，
敬奉你先祖與那遠古的神靈；
你還得去學會包容以及感恩，
感恩給予生命呵護的父母親。
這諸多瑣碎形式是一場吶喊，
是面對飢餓、疾病、災荒的挑戰。

1 土家族的一種求神祛病的法事活動，其意義是為了讓小孩無病無災，無憂無難，健康成長。

2 這是渡關接魂裡最重要的內容。取長木凳或條桌架設接魂橋，手拿小孩的衣服唸唸有詞地呼喚小孩的魂魄歸來。

3 主要是舊時星象家所稱的命裡注定的災難，現在特指小兒關煞，即未出童關之前所遇到的凶神惡煞統稱關煞。

18

驅趕白虎[1]

那無病無災，無憂無難的成長，
將會是百般艱辛的漫長過程；
那形形色色蛋卜[2] 儀式的意象，
使遠祖的血脈能夠得以延承。
那就請高貴至上的圖騰白虎，
暫避這敬仰你，供奉你的堂前；
別讓這對你的深愛化為虛無，
攝去伢崽[3] 魂魄讓人痛恨萬年。
如果你還戀戀不捨不肯放棄，
梯瑪將拿起那師刀以及竹杖，
鞭笞你驚恐不安，慾望的軀體，
直到懸掛公雞，發出哀告徵象。
但遠祖會因為這場祭祀發笑，
將認為這是毫無根由的取鬧。

1 驅趕白虎是土家族殺生祭祀的一種表現形式。除了湘西土家族人忌諱白虎，相信白虎專捉小孩的魂魄，而請梯瑪為小孩驅趕白虎外，土家族其他地區則敬奉白虎，認為白虎是土家族守護神。

2 是土家族人為得病的小孩進行神療的一種方式，讓小孩吃下畫符的雞蛋，為小孩治病。

3 湘西土家族地區小孩在十二歲之內仍被稱為伢崽。

19

懵懂少年

你遙遠竹馬叩響歲月的跫音，
已經清楚窺見這塵世的祕密；
在油燈下攏歸童年不安的心，
復讀這一直研習的遠古文字。
你渴望勇敢堅強地走過季節，
放下懵懂裡抽象記載的樂趣；
這樣你將會拋棄那天真無邪，
欣喜地背誦清明透澈的詩句。
你將不再有一絲襁褓的記憶，
在這蒼翠的遠山，長成為少年；
你將學會犁田插秧推磨舂米[1]，
在耕耘壯年，獲取糧食的豐滿。
這樣，你就在生存法則的殿堂，
把命運放養在奮鬥的坦途上。

1 土家族加工糧食的農事，將稻穀放入碓窩，用木棒脫去穀殼，獲取大米。

20

文苑墨香

而你將順延歲月行走的痕跡，

傾聽那陽光滴注大地的聲音；

讓明媚秀麗的青春留下詩意，

愉悅你這個萬分虔誠的身影。

你一直遵循孜孜不倦的訓條，

暗傳著悠久深厚的文化古韻；

那清晰的脈絡你激動的心跳，

讓異呈繽紛的年華變得絕倫。

這樣，你的思想擦出一片火花，

就像曾伏地不起獲得的靈光；

你將會立身世界越來越強大，

迎接那一些熙攘而來的目光。

關於你人生快樂幸福的根源，

將與獨立、堅強、勤奮相互關聯。

21

拜師學藝

你得學會放牛引水開山劈柴，
學會阿涅的煮飯、納鞋和刺繡；
懂得做人的責任，父母的深愛，
讓你聰穎的雙眸透射出雋秀。
你就是日客額、地客額的近親，
在初涉人世的拜師禮儀之後，
投名的文帖[1]注入忠師的烙印，
在三年學藝的日子苛敬操守。
當然，你除了學習精湛的技藝，
為日後的養家餬口堅定信念，
還得學會隆盛的啟水[2]祭馬[3]禮，
讓每件靈性的器物具備質感。
你的選擇，既為這世代所創造，
藝術流傳的美是畢生的榮耀。

1 舉行拜師禮儀的時候書寫的投師文書。

2 啟水是一種祭祀儀式。啟水時，匠人手持斧頭或鐵錘在主東家堂屋東頭中柱前唸咒語、畫字符。啟水後，便安香爐，保證主人家不受磕磕絆絆的衝撞損害。

3 石匠、木匠到主東家修造房屋或者打造其他物件，以此保證主東家人畜安順，保佑修造、立房平安而進行祭祀稱為祭馬。

22

西蘭卡普[1]

上天無限華工構築美的容顏，
縝密的絲線串連人世的光影；
那用不完的色彩暗結的錦緞，
立下一場純淨而靜謐的美景。
那一年四季日夜呵護的季風，
讓善良執著，織造嫣然的卡普；
正如那歡暢的圖語，愈來愈萌，
構成了人生流轉不止的美圖。
這是怎樣的花開成怎樣的紅，
那位高權重的眾神都將歡喜，
宛如你淺首低語嬌豔的彩虹，
帶著處女那緘默如初的愛意。
而太陽普惠山寨，盎然的金線，
織出畢茲卡婉轉秀麗的詩篇。

1 西蘭是土家族人名，即西蘭姑娘，是土家族的紡織女神。卡普是土家語，是土家族的花鋪蓋的意思，後用來泛指土家族織錦。

23

女兒盛會[1]

七月的天空麇集異樣的光芒，
在眾所周知的時日以及場景，
讓囤積已久的愛情馳向高崗，
匯成青春大地裡熾烈的強音。
你此際正漫步於熙攘的鬧市，
在立命的歲月找到人生伴侶；
討價愛情的荷包[2]，前世的暗示，
走向那潔淨的林蔭，以身相許。
這個溫馨的節日充滿著浪漫，
在悱惻纏綿的時空穿行幸福；
因此，沒有誰不把你青春愛憐，
淡了七月這多情肆意的鄉途。
你成熟自由炙熱初夜[3]的婚姻，
鑄就與土司不屈抗爭的愛情。

1 女兒會一般是每年的農曆七月七日至十二日，是土家族特有的風俗習慣，是恩施州土家族具有代表性的區域性民族傳統節日之一，號稱東方的情人節。

2 荷包是土家族姑娘親手繡制的、掛在腰上的小包，一般作為土家族姑娘用來贈送心儀男子的定情物。

3 土王自治時期，土家族地區土司享有的一種違背常理和民眾意願的權力，即剝奪土家地區每一個結婚女子的初夜權。

24

大山之子

那疊嶂的峰巒許多柔軟情結，

藏匿於你佈滿褶皺的歲月裡；

一條溪流曲折的弧度和清冽，

將落滿微風清越儒雅的呼吸。

你其實就像那高原的棗紅馬，

在遼闊額頭流瀉金色的輝光；

而你將從一座大山內核出發，

一路嘀嗒出扣人心弦的迴響。

詩人啊，將永遠沿襲你的音韻，

循跡你榮光，抵達聖偉的高峰；

你堅強不屈勤勞勇敢的青春，

將會在人世的鴻途鋪滿登豐。

別等待，只顧夜以繼日的憧憬，

用你虛渺的幻想枯萎了雄心。

25

說媒相親

由此，你自由對歌[1] 徹響的日夜，
將公告急不可耐的光明婚嫁，
而即興形式，傾述愛戀的對答，
構成你的目光，你期盼的春色。
當媒婆踩著功德並存的雲端，
開口茶[2] 拉開天作姻緣的帷幕；
儘管盤話[3] 是心照不宣的答案，
也得媒婆登門多次方才回覆。
事實，哪有這簡單潦草的婚姻，
輕易把愛情置於諱深的虛空；
你就按耐住迫切相擁的光陰，
把瑣碎情節流於相守的歌中。
你們的愛情需要時間去考證，
得失間無法清算疼痛的一生。

1 戀愛中的土家男女即興對唱，相互傾訴戀慕之情。

2 媒人帶上一份禮品前去女方家提親，所帶之禮，稱為開口茶。這樣到了女方家，就可以直言不諱提親了。

3 媒人在提親的時候用很巧妙的言語探聽和盤問女方家父母對這門親事的看法，而女方家父母也在談話中有意無意地獲知男方家的情況。

26

定婚送庚

既然這般深愛幸福已經不遠，
那求婚合庚[1]的八字相生五行；
是神性的智者去排列的祝願，
構成阿尼沁雪山偉大的愛情。
所以，當窗前的溪水鋪滿嫩綠，
避而不見的身影徘徊在心門，
讓微風蕩漾青春悠揚的旋律，
傾吐著你深切而急促的發聲。
儘管拜年那麼渴望見到對方，
但一定得墨守那流傳的陳規，
把準備多年的情感換成念想，
納入回贈的布鞋[2]而無怨無悔。
這來來往往悄無聲息的含義，
化作不滅的激情，不死的種子。

1 俗稱合八字，是男方委託媒人討來女方姑娘的生辰年月日時，寫在紅庚貼上，並請梯瑪或算命先生按陰陽五行推論，看是否相合或相剋，合者為吉，不合作罷。

2 土家族婦女做的厚布底布鞋。男方到女方家拜年後，女方會一直迴避不見，婚前年年如此。在男方拜完年回去時，女方會將親手做的布鞋托家人回贈於男方。

27

送禮轉庚[1]

當大風吹過你低矮的吊腳樓，
吹過你體內糾集多年的慾望；
就像早已經裝滿禮物的竹簍，
帶著歡笑行進在轉庚的路上。
所以，這七方八肘[2] 豐盛的禮數，
標誌著你認親的慎重和委婉；
你這新備的硯池、筆墨和庚書[3]，
將書寫良緣夙締的設悅坤延。
這樣，你婚姻百年偕老的情誼，
宛如山寨那一條羞澀的溪流；
你欲探向含黛的手充滿顫慄，
被一抹塗滿柔情的目光深囚。
而你們彼此深深堆積的愛戀，
在不久夜晚翻越思念的山巒。

1 男女結婚年齡一般為十七歲左右。男方要求結婚的那年，便給女方及親戚大拜年，叫轉庚，也叫討年庚。

2 男方備辦抬盒一架，七斤重的豬肉一塊，八斤重的豬腿一隻，為七方八肘。

3 用紅紙折成庚書，上面寫「山盟海誓」，左右兩側寫「良緣夙締」、「佳偶天成」等詞，庚書內裝兩張紅紙條送給女方。女方請有威望族人或親戚執筆，在男方送來的紅紙條上一條先寫「坤延」二字。中間寫女方姑娘的生庚八辰，末尾寫「設悅」二字。然後將男方紅紙放在左，女方紅紙放在右，仍放回庚書內，交送男方，並說「天作之合」、「百年偕老」等吉祥話。

28

初遞茶錢[1]

你接過幺妹遞來的米蛋糖茶，
一一飲盡這柔情蜜意的慧德；
用你這一生忠貞不渝的春華，
送上你的茶錢，送上你的熾熱。
而這儀式裡情深意切的情節，
獲得幺妹內放鬆柏茶葉稻穗，
那兩雙處子含情默默的布鞋，
及萬古長青白頭偕老的福輝。
你美麗的幺妹臉頰堆滿桃紅，
就像幸福的音色沉結在心房，
就像你歡快愉悅的藍色天空，
露出你可以耕種收穫的光芒。
而這兩廂情願的餽贈和祝願，
如同那山盟海誓標記的緯線。

1 男方備辦衣服等禮物，由家長親自送到女方家。女方熱情接待，一篩清茶，二篩炒米茶，三篩蛋茶，再篩糖茶，由女方親自捧上。男方吃過茶後要送茶錢。

29

趕製嫁妝[1]

既然這樣，你們還在等待什麼，
那般奢侈的虛耗歲月的光陰；
你們將接受山林給予的恩澤，
請來木匠，趕製嫁妝，成就婚姻。
那是多麼美麗而精緻的華工，
裝構成婚姻生活所需的家具；
那木紋肌理暗集的青春處紅，
讓土家古老的幸福得到延續。
但你們千萬不要讓人去誤會，
這不是婚姻待價而沽的買賣；
而是對你們的祝福以及恩惠，
標誌你父母含辛茹苦的厚愛。
別懶惰，讓這來自不易的財產，
變成人生裡肆意揮霍的本錢。

1 土家族男女結婚，女方家會做很多生活中需要的家具及鋪籠帳蓋作為陪嫁。

30

啟媒頒事[1]

太陽月亮閃爍著惺忪的眼眸，
宛若錚亮的木犁翻耕著心緒；
在九月明媚婚嫁來臨的時候，
開始上演你啟媒頒事的喜劇。
那樣，你定會為媒人送去一隻，
塗滿紅色的羊及啟媒的美酒；
那樣，你定會準備兩件開口衣，
送給幺妹，讓這情緣天長地久。
如果允許，請閉上眼睛去聆聽，
去感懷這決絕的等待和考驗；
因為，幸福莫過於情愛的誘因，
莫過於一場蓄謀已久的盛宴。
如果兩件衣服就換來你歡心，
一隻羊怎能抵消養育的恩情。

1 結婚前，男方給媒人送來一隻被塗成紅色的羊以及一擔美酒叫啟媒。再備兩件衣服稱開口衣，由媒人送給女方話說結婚事宜。

31

報日送期

這大地是多麼美麗以及嬌豔，
流淌的河水帶來陳釀[1]的清香；
甜潤了一場報日送期[2]的酒宴，
去酬謝女方趕製嫁妝的木匠。
你望著那美麗含羞的幺妹子，
是那麼的鍾情以及急不可耐；
你會和媒人送上選定的婚期，
完成你們曾日夜相思的婚愛。
這樣，你將完成你莊重的承諾，
在婚後續寫耳鬢廝磨的情書；
你將和你幺妹步入婚姻生活，
讓相濡以沫的日子充滿幸福。
而關於你們一生相伴的來去，
讓密約佳期譜成一生的愛曲。

1 男方去女方家準備的美酒一擔。

2 女方待木匠打好嫁妝後，通知男方備辦酒席陪木匠，意味感謝木匠之意，叫報日。女方同意後，雙方選定日子，作結婚準備，叫送期。

32

十姊妹歌

一切起源於遠古漫長的傷痛。
是阿達與諾巴海回塵的記憶，
只為這九月接近婚期的天空，
你濟然雨下的哭嫁[1] 不為自己。
那刻，淚水會突如其來般造訪，
給青春一場始料不及的婚慶；
你在曠日持久通宵達旦哭唱，
與十姊妹一起袒露別娘泣音。
而你叔親嫡伯輪邀的送嫁飯[2]，
及少時口耳傳承的哭嫁母語；
在越近婚期哭聲越悲的夜晚，
數不盡娘親不擇艱辛的養育。
你聚首痛哭是那樣淒美絕倫，
成了衡量道德和才能的標準。

---

1 哭嫁俗稱陪十姊妹。一般在出嫁前半月內進行。哭嫁形式，有單哭、對哭、陪哭三種哭嫁形式，從前三天起到哥哥背進轎門止。其中以出嫁前一天深夜十二點的哭嫁最熱鬧，女方家有陪十姊妹，男方家有陪十兄弟。

2 土家姑娘在即將出嫁的前些日子，會輪流到自己家的叔親伯長及其他親戚家作客吃飯，稱為送嫁飯。

33

梳頭戴花[1]

你遠離夢境進入對方的視線，

讓梳頭的鏡子發出愛的聲音，

關笄婆[2] 開臉的棉線纏繞扯絆，

修飾你雙頰，描繪清新的儷影。

你望著新郎送來的物件首飾，

已經感覺到自己悸動的心跳；

你將把昔日披散的髮辮聚集，

結束相思的情懷和青春年少。

你聽見中堂戴花酒[3] 儀的奏樂，

在十姊妹的陪伴下叩拜先祖，

用哭謝去訴說著離別的淒絕，

並接受族親為你戴花的祝福。

從此，你將有新的姓氏和福澤，

離開阿涅肩負起人妻的職責。

1　出嫁前一天，舉行女子簪花成年冠禮。

2　專門為出嫁姑娘梳頭戴花打扮開臉的人稱為關笄婆。

3　婚前一天為女方的戴花酒日。這天，女方將全部嫁妝擺在堂屋，供人觀賞。此日，同寨姑娘聚在一起與新娘惜別。女方親戚朋友皆來送禮慶賀，吃戴花酒。

34

婚嫁過禮

那置辦的衣物、豬肉、烈酒、禮信[1]，
趕在婚嫁正期前的傍晚送達，
娶親隊伍及頭噶二嘎[2]的來臨，
響起了激越浩蕩的鼓鑼嗩吶。
那鑼鼓鞭炮聲後的攔門禮儀，
是開盒過禮滿堂吉昌的景耀；
過禮的總管[3]向你家總管致意，
互為代表，說唱著開禮的辭藻。
此時，無邊黑夜擺下一場盛宴，
那熙攘的海壩早已燈火明朗；
你陪哭的幺妹已經露出喜顏，
聽比鬥的鑼鼓嗩吶，奏出激昂。
而你不會被隆重的禮儀陶醉，
為嫁人後不能逐膝爹娘憔悴。

1 在婚期頭一天或當天上午，男方為女方親戚準備的禮物稱為禮信。

2 土家語。頭嘎是媒人，手拿紅傘；二嘎是管理各種禮物的督管，現在叫代賓，也叫路總管。

3 迎親隊伍到女家後，女方要舉行攔門禮，唱攔門禮詞。禮官拿出應帶的三茶、六禮以後，才准進門。

4 婚喪嫁娶中的執事負責人，土家族地區一般叫總管，總管下面就是第二執行人，叫知客，也叫支賓。

35

摸米[1]迎親

這是個歡快明朗的婚嫁日子，
那偉岸新郎在等待你的入場；
而這個代表新郎迎娶的摸米，
心裡充滿了喜悅還有那驚慌。
當人群開始以柔情方式靠近，
讓摸米產生從未遇見的忐忑；
那陪同哭嫁的幺妹暗送芳心，
把摸米的臉龐塗滿鍋黑煙色。
但是別傷心，那其實是一種愛，
是一種古老傳承的婚嫁習俗；
就像幺妹生動的暗示和關懷，
共同走向那情愛飄飛的漫途。
既然如此，你們還在沉默什麼，
為來年婚嫁許下媒憑和認可。

1　迎娶新娘時，男方不會親自去，會選一個人代表自己去迎娶新娘，而這個代表新郎的人叫摸米。當晚陪同哭嫁的女青年們和迎親的男青年們要開展有趣的活動。即姑娘們手上拿著抹了鍋煙的紙，向設法躲藏的一幫男青年臉上抹黑，這活動也稱摸米。

36

出閣發轎

在這個悽楚告別的發親時刻，
你出閣發轎的日子充斥哭音；
你望著轎伕前俯後仰的嬉樂，
屋簷下站滿戀戀不捨的眾親。
你在阿科[1]的背上跨離了堂屋，
身穿露水衣[2]辭別父母和堂宗；
你不能回望的身形充滿孤獨，
心中幽怨宛如那燃起的燈籠。
而你在迎親隊伍望不到新郎，
他迎親的職責已被摸米代替；
你只能低吟愛的深沉和惆悵，
在顛簸中淹沒你昔日的記憶。
從此，你從一個女孩轉為女人，
全部美都將勒成時間的深痕。

1 土家語，哥哥的意思。

2 土家姑娘出嫁時穿的嫁衣稱露水衣。它左開襟，大袖大擺。下配八幅羅裙或百褶裙，布料以絲綢為貴重。從整個穿戴上看，新娘腳穿繡花鞋，佩戴首飾，頭帶土家鳳冠。

37

拜堂成親

當九月太陽燃起喜燭的烈焰，
那梯瑪為你的抵達斥退轎煞[1]；
你在熱烈中越過七星的燈盞[2]，
步入堂屋宛如楚楚動人的花。
但蒙帕的你那麼羞澀和慌張，
在推攘中禮行一場愛的儀式；
而祖先神龕的大紅喜燭福香，
讓禮樂大音合成交拜的婚禮。
接下來你將履行認親的規矩，
得到公婆宗親的禮信和肯定，
沉醉於鑼鼓嗩吶炮銃的韻律，
然後取下蒙帕、插花及護身鏡[3]。
這洞房將是人生奔波的驛站，
你將用處血換取愛情和孤單。

1 花轎到達男方家門之時，男方要用豬頭和殺豬刀在大門外敬神斷煞，梯瑪殺雄雞，將血繞轎淋一圈，隨後將雞向轎後拋出。

2 用米篩內置土碗倒入桐油，插上七個燈芯草，叫七星燈。新娘下轎時，要從轎門前點燃的七星燈上跨過，預兆夫婦和睦相處。

3 新娘結婚當天戴於胸前的護身鏡，以示一身清潔如鏡，樂意來到婆家。

38

迎風接駕[1]

你此時不感到孤單以及不適，
那些送親的能人將大顯身手；
用熟諳語言面對一場接風禮，
並井然有序，派發豐厚的禮數[2]。
這個熱忱的場面，炫目的風景，
鼓樂鞭炮將祝賀會親的過程，
並督促這場禮儀去繼續進行，
讓圓親婆[3]的人紅[4]慰藉送親人。
而他們在你年華倒影的心田，
舉起這流年之處無邊的疼愛，
舉起了滿滿歡心，觸唇的杯盞，
然後趨步飲盡，抒發彼此感慨。
從此情系三生，淺笑的歲月中，
你將接受相許的承諾和尊重。

1 這是男方專門為送親客的到來舉行的隆重歡迎儀式。

2 送親客在上路前要備好三封紅包，一為禮書，用於男方接風還禮。二為廚書，用於多吃一道豬蹄髈的答謝。三為回書，用於男方開拜交禮。

3 結婚這天，為新娘準備七星燈、點燃拜堂的喜燭、為新娘鋪床的人叫圓親婆，也叫圓親娘。

4 人紅即紅包。

39

三日回門[1]

你將在溫情的日柱坐老歲月，
在夜裡開遍柔情蜜意的旅程；
用你愛的絲絃鳴解心的清越，
綰下心願，在人生搖曳的紅塵。
這徹夜萌動的紅燭籫紅翩然，
宛若清晨你含羞的芊芊身影；
而那吊腳樓瀰漫的縷縷炊煙，
是久日曠達，回門會親的心情。
就收拾豬腿、團饊[2]、糖酒等禮物，
從明亮的村寨出發，放逐思憶；
遵循這當天去返的回門禮數，
聆聽夫唱婦隨，興家立業教義。
從此，你們在低吟淺唱的心田，
描繪著恬靜溫馨的水墨畫卷。

1　婚後第三天，新婚夫婦要看娘家父母，回門時要向新娘父母送禮。

2　團饊俗稱糯米饊子，是將地道的土家糯米蒸熟，倒入一種特製的木板做底，圍篾做圓圈的模子內，將熟糯米壓平並用一種農家栽種的紫果水或食色素在上面畫「囍」字等吉祥圖案，等冷卻後取出來，曬乾、儲藏，逢年過節時送親友或是招待貴客，吃時用食用油炸酥，味道香脆可口。

40

居家過日

那樣你們的日子將充滿福音，
將用一場嬌羞而熱烈的深吻；
讓你們居家的前途充滿光明，
在田野耕種晶瑩飽滿的一生。
你們還將在壯年裡繁衍生息，
去奉養父母老人及撫育子孫；
你們還將精打細算勤儉過日，
學會人情世故展現朴善良淳。
那漫途拚摶奮鬥的康莊大道，
一定駐留著隆隆而行的幸福；
那一路風生水起的甜蜜歡笑，
一定會刻滿順理成章的語符。
你們的真誠和勤懇以及聰慧，
讓世界變得萬分美好和蔥翠。

41

禮佛天下

當你那合十的雙手高過眼眸，

彷彿就成了一個朝聖的使者；

當你跪叩時伏地不起的額頭，

與大地接近，你便會得到恩澤。

你將醉心於經營思想的城堡，

構築你暗夜絮絮叨叨的念想；

而你那一些虔誠莊重的祈禱，

讓你在晨鐘暮鼓中沐浴佛光。

那麼，你將以高尚的姓名起誓，

與聖佛合謀一場最美的盛宴；

用你一生中平仄錯葉的頌詞，

在你修行的年月裡完成心願。

你一貫的善良、仁德以及慈愛，

將輪迴你平安人生美好未來。

42

水杉[1]新韻

你曾被迫出走接受一片寒冷，
把身上僅有的紅羽交給大地；
你在歲月裡藏盡深綠和愛恨，
在靜默中寫下一行簡潔文字。
當你的身體盡顯蕭條和枯碎，
時間預言，你活不過一個冬天；
就像你曾證明的價值和珍貴，
彷彿你體內多年積蘊的吶喊。
但是，從你的隱忍看到的夢想，
讓你沒死於一首憑弔的詩句；
而你長成的逶迤遙遠的山樑，
將在春天發跡一片嫩綠絮語。
你的得失和取捨，容忍和奉獻，
譜寫你王土慢慢復甦的大篇。

1　水杉屬落葉喬木，屬杉科，是優秀的產材樹種，中國特有樹種，為國家一級保護植物。

43

祭祀廩君

你用飄渺的煙香默默的祭祀，

讓雙眼望向更深更靜的遠古；

沿襲土家始祖那堅韌的足跡，

探得你基因最為直系的家祖。

就像武落鍾離山明珠的姿態，

早年部落北方那強壯的棲居，

就像追逐的途程更遠的塵埃，

在遼闊的疆域裡騰起的火炬。

而今就讓在世代相傳的地方，

記住歲月無限的離恨和永恆，

記住遠祖曾開疆立國的情殤，

記住那一場綿延不止的愛恨。

所以高舉遠祖的青春和時間，

讓愛蜿蜒成永不止息的山巒。

44

初冬洗神[1]

記得如初的日子相擁著暖意，
這個蕭瑟的冬季已很快來臨；
不妨找到高尚理由迎合生息，
讓萬物歇於來年的一場甦醒。
那麼就換上對襟盤扣的服裝[2]，
盤裹著布帕加入洗神的行列；
而你們將會慷慨地殺豬宰羊，
去擺上那三牲祭品跳舞驅邪。
梯瑪手執司刀、令牌，吹響牛角，
用歪斜步履踏出招神的舞步；
三尺竹竿將畫上紅綠的色調，
打通竹節，澆灌桐油，燃燒土布。
這祖神雷厲風行堅定的信仰，
為精彩人生賜予成功及輝煌。

1　舊時土家族除信奉白虎神外，還供奉大、二、三神（家神），每年冬月初一殺豬宰羊，男女老少著本民族服裝參加洗神，擺三牲祭品，由老梯瑪手執司刀、令牌、吹牛角號招神，跳舞驅邪。

2　土家族男子的民族服裝。

45

趕杖[1]祭神

你就不得不追記古老的神靈，
山胞們無限深愛的梅山女神；
相信她赤裸的軀體羞澀的心，
醒於殺神祭祀[2]那復甦的抗爭。
所以，請不要大聲的討論喧嘩，
用淫蕩的眼神或者曖昧舉止，
把一絲不掛，祭禮的幺妹獵殺，
沖淡梯瑪們祭祀的高尚動機。
你們只能在問鼎後圍獵趕杖，
在白雪的嚴寒拿起長矛弓弩，
一路圍捕，展現出原始的彪狂，
並根據特長分工，獵殺和驅逐。
而冬天的主角將是梅山獵神，
通靈的梯瑪是傳達旨意的人。

1 趕杖就是打獵的意思，一般在冬季。

2 殺神祭祀是土家族遺俗。土家族早年曾盛行過殺人祭祀的風俗，即將裝扮神靈的人殺死來祭祀所扮演的那個神祇。後改殺人祭神為椎牛。有的地方把殺人改為殲頭，即巫師用刀劃傷自己的皮肉，以滴出的人血代替殺人，使殺人成為象徵性儀式。

46

篾竹農韻

這是富有生氣和樂趣的冬天，
在寒風裡安撫著拔節的絮語，
用竹篾編製你曾兜轉的壯年，
盛裝來年裡生機盎然的豐腴。
所以沒誰會安分地盤踞火塘[1]，
醉心於那些煙熏火燎的日子；
帶上鋒利篾刀逐步墊高目光，
丈量著沙沙作響，翠綠的竹子。
而那被剖開，預示豐年的竹節，
宛如抽繭剝絲後，韌性的歲月；
而紋理細密脈絡清晰的挽結，
是來年深秋物美天華的歌訣。
你不只編製撮箕、背簍及籮筐[2]，
你還編製時光裡豐收的希望。

1　土家族人在自己家吊腳樓偏房用條石鑲嵌的四方火塘，用於烤火做飯，是一家人每天閒時聚集圍坐的地方。

2　撮箕、背簍及籮筐等都是土家族地區常見的竹編器物，一般用於農事生產和生活用品方面。

47

冬日翻耕

這將是一個暗結富足的春天，

就像你扶犁耕耘的微風絮語，

讓你的來年與一場豐收結緣，

譜寫那日月交響的勞動序曲。

而你將節約塵世每一絲光影，

徹夜不休地吟唱豐裕的詩章；

這樣，你的年代會越來越充盈，

注入千年飽滿的稻田和穀倉。

你集結了遠祖的智慧和質樸，

完成一場冬日的狩獵和耕種；

那浸染你汗水和體香的熱土，

將豐盈成為一片金色的天空。

那麼你繼承遠祖遺愛的品質，

暗傳給後裔自食其力的技藝。

48

祭神歸天[1]

事實上，你總活於虛擬的世界，
讓停止飛翔的翅膀墜落紅塵，
埋沒在炊煙無聲無息的臨界，
結出你眼中冰凌一樣的星辰。
這一年你恪盡職守不辭辛勞，
用愛的火光開出繽紛的光影；
而，你將享受煙香高位的遊走，
在臘月二十三歸於匆忙旅行。
那麼，得感謝灶神[2] 並致以敬奉，
讓寒冷潑灑成這殷切的淚雨；
在額頭叩響的神祇表現虔誠，
席捲成離別的愁緒以及寄語。
這將闡釋人間的眷戀和尊重，
對你的匯報，無怨無悔的認同。

1 土家族風俗。每年小年，即農曆臘月廿三或廿四，是祭祀灶王爺的節日，也是灶王菩薩上天向玉皇大帝匯報的日子。

2 灶神又稱為司命菩薩或灶君司命，全稱是九天東廚司命灶王府君，負責管理各家的灶火，被作為一家的保護神而受到崇拜。

49

敬五穀神[1]

原始初蒙之期的神靈給予了，
生息的大地風調雨順的年景；
而滿山溝壑青翠的五穀禾苗，
那茂密景象漫過歲月的眼睛。
就請擇土拔普[2] 有聲望的老翁，
在每年除夕裡嘮叨著的意願，
落入刀頭、齋粑及甘果的供奉，
於三拜九叩之後，焚化著紙錢。
這大風搖曳翹首以待的春夏，
是凋零流年，族人奔赴的願望；
那漫天的火把綿延的田埂啊，
洋溢族人豐收的喜悅和吉祥。
而這隆重神祕相混合的天地，
構成不滅的功績與生命意義。

1 敬五穀神一般在大年三十夜吃年夜飯之前，並由家裡的最年長者負責主持祭事。

2 擇土拔普是傳說中土家族最德高望重的老人。

50

趕年懷古

鼎罐燉煮的合菜[1]飄逸著清香，
多少年，趕年[2]的日子依然如初；
請舉起追憶的祭酒行走山鄉，
用甑子[3]飯、大碗肉，為團聚祝福。
就提前拿起土王抗倭的炮銃，
奏響出彪悍鐵骨遠征的吶喊；
將這戰歌散落於大地和天空，
傳遍奔騰的田野，起伏的山巒。
而西下的雲天如嘶鳴的銅鑼，
密集的鼓點掩蓋歲月的風塵；
你總在猜想旗幟飛揚的蠻落，
割捨不了的眷念已陷入蹄聲。
而那些勞苦功高，殉國的胸懷，
化為了顧全大體流芳的博愛。

1 即腊肉、豆腐、蘿蔔一鍋燉，叫作合菜。

2 趕年是土家族人紀念遠祖抗倭勝利的重要節日，土家族過年比漢族過年要早一天，這種提前一天的過年方式叫作過趕年。

3 甑子是土家人常用來蒸飯的炊具，一般用香椿樹或杉木樹製作，狀如圓桶，底部是竹篾編制的竹底，便於通氣加熱，促使米飯在高溫下熟透。

51

敬火畬神

當那太多牽掛而停留的生命，
居於星際那娓娓垂釣的時空；
像神靈以悲劇完成華美造型，
述說無聲絕唱不休眠的荒塚。
火畬神婆，族人將怎樣去景仰，
你赤身裸體無法見人的元身；
作為女神，你沒有廟宇和神像，
殊不知深居的山洞何等淒冷。
可對於後代只能在黑夜祭愛，
熄滅燈火，在司祭[1] 的大門角落，
在繩火[2] 中迴避你羞澀的到來，
為山寨播種糧食豐盛的收穫。
從此，你生命刀耕火種的序曲，
讓狩獵的山中，高舉農耕火炬。

1 由家裡年長的人主持祭祀火畬神。

2 祭祀火畬神在大年三十夜裡，祭祀時，家裡的人須全部出屋躲到僻靜處迴避，大門半開，門角燃以繩火引路。

52

祭神搶年[1]

當季風流向一條飽滿的河瑩，
那無比的景仰如光影的馬匹；
將和時間以及一場競爭同行，
拾起時間，拾起這蕭穆的祭禮。
當光芒經過墳墓青蒼的驛站，
宛如是一段為祖送亮的途程；
而那燃燒煙火竟會無比燦爛，
宛如伏地的姿勢，抽象的圖騰。
所以，沒有那個神不會去庇佑，
絕了土地、四官神[2]、灶神的念想；
你愛上四方火塘與烈焰相守，
在這擺古[3]中等待搶年的時光。
祈禱的水和種子將漫過屋頂，
直到多年還居於富足的夢境。

1 土家族過完趕年後照樣過除夕。三十這天不但要祭神，在除夕之夜還要守年、搶年，以在凌晨四點、五點跑去水井挑水，第一個到達水井挑水為好，暗示自家風調雨順，金銀滿倉。

2 土家族認為他是使人致富或專管六畜的神。每逢清明、端午、中秋、除夕都要祭祀。

3 土家族生活習慣，老人向年輕的一輩講述過去，是擺龍門陣，講故事的意思。

53

獻祭敬祖

鼓動的胸膛，折射山寨的光芒，
燃祭的煙波，遮斷起伏的日空；
在這舍巴節[1]遠近歡騰的山鄉，
紅燈[2]萬盞照耀著浩瀚的天穹。
當遠處披紅的嘎墨遙遙而來，
裝點出世道氣勢不凡的背景，
就像祭祀的人潮，誦唱的天籟，
展現靜默不息的深愛和崇敬。
多少次翻耕記憶的滄海桑田，
春天的歡顏屬於期盼的人們；
所以這遠古列祖列宗的吶喊，
化為群山上高風亮節的社神[3]。
而故去宛如錯綜雜亂的紙張，
是場更隱秘更為內斂的離殤。

1　舍巴節又名調年會、社巴節，是土家族傳統節日中最為隆重的一個綜合性節日，是土家族傳統祭祀節日，祭祀祖先、祭祀社神的節日。

2　舍巴節日燃起的火把以及燈籠。

3　土家語祖先的意思。

4　社神是為土家族帶來風調雨順、人丁興旺的神。

54

擺手降祖[1]

請忘記過去的苦痛施以愛意，
用豐盛供奉，接受高祖的降臨；
而刻意阿諛奉承的酬神[2]儀式，
安撫了先祖承困受厄的魂靈。
這是多麼分明的擺手舞蹈啊，
在炮銃鑼鼓土號的擺手土場，
成隊的旗幟，井然有序的步伐，
踏出開耕播種和征戰的物象。
堅信這段風調雨順的日子後，
豐慶的浪花，會在鮮明的素箋，
犁溝出連綿不絕蒼翠的季候，
啟承逍遙且磅礴簡潔的史篇。
既然享受了族人的祭祀豐供，
就得保佑族泰子安，豐登火紅。

1 擺手降祖是舍巴節的第二部分，擺手舞是土家族最有影響的大型舞蹈，帶有濃烈的祭祀色彩，是一種祭祀祖先,追憶祖先創業的艱辛，緬懷祖先的功績的舞蹈。

2 土家族認為自己的祖先死後都將成為神靈，因此在擺手活動中，舉行的祭祀儀式，目的是感謝祖先，緬懷祖先。

55

歌舞頌祖[1]

這頻道清高隱逸的抒曲小令，
在熱鬧的氛圍裡挾依著靜謐；
讓人們在若渴的回望中憧憬，
彈奏悠遠曲調，跳出高雅舞技。
由此就不要訴說佯裝的動作，
那些桀驁任性而凌厲的品格，
把原始文化隱於偉大的部落，
讓騰躍舞姿裝點成歡樂長河。
而人們永遠記得那征戰疆場，
記得不懼生死而叫囂的巫舞[2]，
衝出陣列，譜寫巴族勇悅華章，
用圖騰面具[3] 刻畫向生的歌賦。
這不死的目光豁達的精神觀，
為歷史留下勇猛善戰的序言。

1　歌舞頌祖是舍巴節第三個組成部分，多以舞蹈的形式，祭祀天地，頌揚祖先功德。以粗狂的舞姿展現原始狩獵和戰爭的場景。

2　巫舞起源於巴渝戰舞，表現於原始宗教的祈神儀式，由專門的巫師即土家族的梯瑪跳唱。

3　舞蹈裡佩戴的虎圖騰面具。

56

梯瑪歌舞

裝束鳳冠及八幅羅裙的梯瑪，
揮舞著師刀、斬刀以及柳巾棒，
打上鬼怪那毫無防禦的符卦，
彰顯你通靈司命占卜的高尚。
你可以隨意出入華麗的場景，
搖動銅鈴吹響低沉的牛角號[1]；
用法力去渡厄魂魄，安撫心靈，
為族人布送安身立命的福誥。
這轉換的聲音低沉婉轉悠長，
而格局龐大，遙遠的梯瑪詞牌[2]，
彷若巴人遼闊而深厚的土疆，
闡述氏族跌宕的過去和未來。
你能對族人的禍福作出預估，
但對你自己結局卻不能占卜。

1 牛角製成的號角，其吹奏時聲音低沉雄渾，是梯瑪用於法事的法器，主要是起著召喚神靈驅逐鬼怪的作用。

2 即梯瑪歌，《梯瑪歌》是土家族巫師（梯瑪）在一年一度的跳擺手敬神祭祀、為他人消災祛難作法時所唱的請神之歌。被譽為土家族的民族史詩。

57

茅古斯舞[1]

這祭禮祖先拓荒的古老舞蹈，

宛如那耕種、捕魚、狩獵的戲劇；

那片棕樹、桐葉、芭蕉以及茅草，

是這大地無私的餽贈和施與。

從此血脈的身影將緊密相依，

讓拔步比[2]、拔尼[3]的笑裝滿宇宙；

來回的刻畫祖輩生長的故事，

模仿動作像極了原野的野獸。

而這因詼諧，顫動的茅草身形，

成為那風餐露宿的人體語言；

那動作粗魯，表達的原始本性，

展露了父系家族繁衍的器官。

這為了潘盛紀念神靈及先祖，

成為這宗教藝術綿延的產物。

1 茅古斯舞是土家族古老而原始的舞蹈，土家語稱為古司撥鋪，意即祖先的故事，是舞蹈界和戲劇界公認的中國舞蹈及戲劇的最遠源頭和活化石。

2 土家語，即老頭子。

3 土家語，即老婆婆。

58

鏗鏘之音

那麼請演奏剛強的銅質樂器，
拿起熱情的音節，取悅於鼓點，
用擊打姿態行於沉浮的大地，
彷彿重疊的目光，堅強的山巒。
這源遠流長的溜子曲牌[1]繁多，
是精湛藝術，美妙的音樂形象；
這完美的嗩吶溜鑼頭鈸馬鑼，
無疑增添喜慶的歡樂和吉祥。
這就是來自遠古鏗鏘的跫音，
是對土家生活的讚美和熱愛；
而富有生氣，樂觀爽朗的個性，
無疑是民族積極向上的曲牌。
這天工之樂完美無瑕的奇葩，
講訴著人世情感的傳奇神話。

1 打溜子是土家族一種傳統打擊樂器表演，土家語叫傢伙哈，其歷史悠久，源遠流長，曲牌種類繁多，表演形式多樣，具有濃郁的民族特點及鮮明的器樂形象。

59

打春祈福

這風中一段音色契合的瞬間，
被流年芳菲的雪影漸化成愛；
宛如平仄的歲月，停佇的驛站，
在春的脈搏，鋪陳絢麗的綠海。
當鑼鼓火銃的儀式掀開序幕，
那披紅的值日星君[1]粉墨登場，
在空巷山寨雋永旖旎的豐圖，
吹彈土台戲樓中不絕的迴響。
你們被同一種顏色消災除邪，
摘下漫天的風調雨順和豐登；
讓傾情的打春[2]步入耕耘季節，
恰似你的手凝結披靡的微風。
而你將會出行於播種的土坎，
蟄伏於陽光下那彌留的溫暖。

1 值日星君為二十八星宿，土家族人將它們定為二十八獸。

2 打春是土家族的傳統節日。打春節在每年立春舉行，又稱鞭春節、三壇節，是土家山寨中人們最隆重的節日。

60

元宵燒毛狗[1]

你可以唱出自己心中的高腔，
迎接紅火的花燈，北方的星辰；
那九拐十八彎的山道的火光，
將照亮山寨的獅子以及龍燈。
就聚集能燃燒的乾柴和竹枝，
點起篝火合拍著優美的旋律；
用喉嚨發出驅趕毛狗的呵斥，
讓挽草為記的日子得以安居。
光芒定會從毛狗的面孔掠過，
排放的路燭[2]將把它逼向絕境；
而熊熊火焰促使它居無定所，
化為燈火通明的笑語和繁星。
你在執耕土地灑滿笛聲之樂，
用勤勞意志填滿收穫的歲月。

1 毛狗即狐狸，土家族鬧元宵主要活動是燒毛狗棚和點路燭，以此驅趕狐狸。

2 點路燭是在燒毛狗棚的同時進行的，在房子附近的路邊或田坎上插上蠟燭後依次點燃，有的還將蠟燭擺成吉祥字樣。

61

敬土地神

只有播種才能光耀你的價值，
那收穫將是一束嬌豔的鮮花；
跟隨虔誠的目光豐收的足跡，
是一方土地積澱多年的牽掛。
你將會選擇土地堂[1] 作出依附，
在二月二[2] 敬奉土地的日子中，
殺雞、燃香、燒紙，祭拜一寨之主，
以寧靜、虔誠的心態擺上清供。
敬奉掌管農業生產精神領袖，
希望啟用莊重的姿勢和目光；
讓遠近貧瘠的田野露出豐秀，
賜予你太陽月亮中全部光芒。
而對這些關於風一樣的詢問，
是那五穀豐登那抽象的象徵。

1 土家族人居住的地方一般都有一座土地廟，也叫土地堂，逢年過節，山寨上下都會去土地堂敬土地菩薩。

2 二月初二是土地菩薩生日，這天家家戶戶要以酒和米粑敬土地神。

62

春耕物語

這樣你將帶著牛羊以及馬匹，

走向那一場繁花似錦的春天；

這樣你將馳騁在這山鄉大地，

俯望那南轅北轍的長長河山。

沒有什麼可比你的豐收重要，

就像一直以來對大地的情愛；

那萬物是那麼的蔥鬱和富饒，

讓你無慾的心裡充滿著崇拜。

你望向那萬古長青遠古江河，

以及你目力所及，遙遙的遠方，

那陡峭山坡，深入骨髓的溝壑，

頌揚成一場春耕忙忙的大章。

別猶豫，揚起苦大仇深的鋤頭，

用勤勞獲取盼望已久的豐收。

63

薅草鑼鼓[1]

那陽光順夷水之源踏波而上，
構成了河流絕代風華的初衷；
那成群的歌聲清壯緩急抑揚，
讓耕作陶醉在優美的曲韻中。
這薅草鑼鼓固定的結構格式，
是山寨族人協作生產的精神；
鑼鼓敲擊傳遞著的勞作信息，
是領唱對唱即興隨意的歌聲。
那請神、揚歌、送神[2] 的音調悠揚，
讓自娛自樂的曲牌飄蕩山坡；
這音域寬廣渾厚促烈的詩章，
與震撼鑼鼓，和韻成氣勢磅礴。
你們那引子[3] 消累解乏的情緒，
譜成土家激情的勞動進行曲。

1 薅草鑼鼓起源於三千多年巴人時期，是土家人在薅草中以解乏憊而唱的勞動歌曲，其曲牌種類很多唱詞頗豐，表演形式多樣，是土家族民歌的一種，具有獨特的民歌藝術形式。

2 薅草鑼鼓的歌詞多為一韻到底，而內容則分為歌頭、請神、揚歌、送神四個部分。

3 即鑼鼓敲出的節奏。

64

清明祭祖

這潔淨夜晚，你習慣垂直詢問，
那回升的氣溫是否傳來消息？
家喻戶曉，這隔斷新火的舊墳，
那雨水會不會是思念的淚滴？
天晴了，迎來生機蓬勃的境像，
祭掃隔世生離殤別的悲酸淚；
你在掃墓時壯年爬行的時光，
盛行的踏青叩響沉寂的春闈。
你忙碌著興味肅然、寒食禁火，
忙碌著掛青[1]，祭禮 野的孤魂，
讓牽線風箏居無定所的角落，
為世界蓄滿著一場雨的好運。
而割肉餵養的子嗣開始祭奠，
前後十日[2]，拭淨祖上孤獨思念。

1 土家族會在清明節這天上墳焚香燒紙，祭祀祖先，緬懷祖先。土家人把構樹皮做成的白色紙張，用紙錢鏨子打印成墳飄，土家人稱為青，插於祖墳上，就叫掛青。

2 以清明節當天為中間時日，其前後十天是土家族人祭拜先祖，上墳掛青的時間。前十天去掛青的土家族人習慣稱為比較虔誠而勤快之人，後十天為懶人。

65

敬奉牛神[1]

你在離群索居的歲月裡咀嚼，
塵世裡瀰漫陽光、雨露的青草；
用枷檔拖斷纜索，流淌著汗血，
換取坍塌的流年，掛耙[2]的紀要。
你活肉佈滿人類拚命的鞭子，
但緘默的口裡沒有半句怨言；
那瓢潑大雨摸黑整田的日子，
任烈焰的火把在你犄角盤旋。
而土民因你深情厚誼的恩德，
在四月八日送上感恩的言語，
你是大地不辭辛勞的耕耘者，
拖著犁耙和年邁蒼老的身軀。
你那埋頭的蹄音低沉而輝煌，
你才是人類的最偉大的養娘。

1 土家族人在每年的農曆四月初八或四月十八日，傳說是牛王菩薩生日這天，舉行祭牛神儀式，並讓耕牛放假休息一日，給牛喂好料，如黃豆，打掃牛欄，還要殺雞、宰豬，祭祖先。

2 土家族人為了表達對牛王的感激之情，到這一天，取下犁田用的耙，把犁耙掛起，讓牛休息。

66

五月端陽

那粽葉包裹的糯米多麼清甜，
馥烈的雄黃酒啊是無比甘醇；
而辛勞流逝的歲月，曲折幽遠，
在這個沉痛的日子祭奠亡魂。
就像這門楣高掛的艾草菖蒲[1]，
是端陽倒懸詞牌沉默的疼痛；
無數次赴約的身影漸漸復甦，
讓劃行目光停佇淅瀝的雨中。
而風雨無阻勤懇勞作的叮嚀，
是詩人心裡忠貞愛國的音節；
就請舉起那燃燒的火把前進，
以五彩身姿沉入粗獷的序列。
所以不能因錯位而不懂尊重，
讓一場祭祀死於憂憤的日鐘。

1 艾草菖蒲是兩種植物，土家族人一般在端午這天都會采來，成束掛於大門兩邊驅毒避邪。艾草是一種多年生草本植物，《本草綱目》記載：「艾以葉入藥，性溫、味苦、無毒、純陽之性、通十二經、具回陽、理氣血、逐濕寒、止血安胎等功效。」菖蒲為多年水生草本植物，有香氣，根狀莖橫走，粗壯，稍扁，有多數不定根，整株有毒，人食之，讓人產生視幻。

67

六月六祭祀[1]

九龍騰舞的身軀化成為怒吼，
打曬的陽光宛如凌遲的胸腔；
七天的帝位反抗失敗的哀愁，
蒙難的土王死於憤怒的刑場。
這是多麼重要的紀念性節日，
祈求太陽神賜給豐收的萬物；
就讓萬民以收成豐裕的祭祀，
煮酒殺牲感謝那佈施的新谷。
這不只是祭祀土王、遠祖、廩君，
你還抬著那披紅掛綵的黑神[2]，
去燃燒香燭，刻畫歲月的年輪，
燃放鞭炮，祈求幸福、健康、平穩。
而這延伸的足跡如期的約定，
翻曬六月往事那明亮的泣音。

1 六月初六是土家族人曬衣服的日子，稱曬龍袍，也叫吃新節或嘗新節。傳說這天是明初土家首領覃後王殉難忌日，為土家族一大民族節日，要用苞酒敬神祭祀土王。

2 燒黑神是土家族人在六月初六這天的一個祭祀項目。在利川、龍山等地的土家族人相信黑神能驅邪除穢，每年六月初六這天燃燒香燭，抬著披紅掛綵的黑神遊行，名曰燒黑神。

68

月半祭祖

對祖先崇拜是你崇高的信仰，

七月十二比年還重要的月半[1]，

紙錢符紙[2] 將記錄先祖的光芒，

註明時期，焚化那徹夜的思念。

你會用一種清澈如水的聖潔，

撥動江上流放遠古的青蓮燈，

讓無數香燭，照亮哀思的季節，

化錢野外給遙遠孤游的鬼神。

而在這八部大神的年節盛會，

記憶著萬年後世的經典對白；

那部落酋長駐足停留的名諱，

在遷徙中留下不泯滅的氣概。

這大山經沉積著奔波的印痕，

因關照子民，化為偉大的祖神。

1　月半是每年農曆七月十二，也稱為鬼節，土家族有古話叫年小月半大。

2　土家族人把火紙紙錢摺疊裁剪後用一構皮紙包成書信狀，在上面書寫供奉祖先的名諱、焚化因由、數量、時期以及敬奉人姓名輩份，在接祖先團聚後，於寂靜處焚燒，請祖先帶走紙錢。

69

曬龍谷[1]

太陽染色成沉甸的顆粒標記，
在這收穫的吉日將禾稻割下，
紮成小把在田裡以萬字形式，
蜿蜒成十里田園壯麗的圖畫。
幺妹系滿五穀草繩攔住大門，
跟著老嘎嘜[2]的讚詞回到故處，
看攔門儀式[3]顯擺的豐碩收成，
就像這歡快音樂，婉約的花絮。
這源於古老農事的豐收景象，
在梯瑪帶領下祭祀穀神和祖先；
那十里八鄉設宴相聚的盛況，
是祈福祭天時你對龍的盛讚。
而無數扶犁的日夜編織光芒，
生成人們與神靈邂逅的對唱。

1 曬龍谷是土家族的習俗之一，源於土家族人的農事勞作活動。土家曬龍谷活動主要分為踏青觀龍、祝福祭天、擺手祭龍、把酒開宴四部分。

2 老嘎嘜是土家對當地德高望重的長者的稱謂。

3 在曬龍谷這天，還要舉行攔門禮。在歡快的音樂聲中，土家姑娘們用系滿五穀雜糧的草繩攔住大門，由當地德高望重的長者主持豐收攔門儀式。

70

摸秋求嗣

當更深人靜交聚的神經末梢，
你淡然臉上寫滿純淨的光輝；
正如今晚滿目華光，柔媚思潮，
看皎潔月光滴滿夜色的青翠。
你記著土家山寨摸秋[1] 的習俗，
祝福喜結良緣早生貴子的人；
而偷摘越多，你們將多子多福，
宛如季節蔥綠的蔬菜和瓜仁。
而遠近族親不因為失竊氣惱，
他定會踩著明媚的月光邊緣，
或鳴鑼擊鼓送瓜瓞連緜[2] 之兆，
來到你那歡愉而嬌羞的床前。
於是摸秋習俗傳遞愛的物語，
把青春存於內心初始的際遇。

1 摸秋求嗣是土家族人過中秋的習俗。中秋這天，年輕男女都會在夜晚去偷果木蔬菜等，為摸秋，意曰求嗣或送子。

2 凡婚後三載無育，親鄰好友會主動在中秋之夜，把偷摘到的冬瓜裹於襁褓之中，當夜摘來偷偷送去，放到無生育夫婦床上。另一種是乘轎子，鳴鑼吹號擊鼓繞街巷大張旗鼓地送去，意取瓜瓞連緜之兆。

71

割樹取漆[1]

你可能還有段故事埋在心中，
就像桶裡的飽滿潤滑的鏡片，
任憑寬厚的毛刷攪拌成深痛，
去漆寫木器平滑細潤的流年。
你不忘落地生根傷心的模樣，
裂開的皮膚浸滿憂鬱的血液；
就像初始的口子割刀的劃傷，
塗抹的妝容陷落茂盛的黑夜。
你將收起疼痛，感嘆世事如棋，
用乾涸麻木，封閉秋天的凋零；
你就是那餘味猶存的一首詩，
是史記裡的傳說和一片綠瑩。
而你漸老中溫習的豐物片段，
會長出來年枝繁葉茂的畫卷。

1　土家族人除了耕種田土外，還從事一些土特產品收割勞動。割樹取漆，即用刀割去漆樹樹皮，劃成一個斜拉的口子，讓新鮮的樹汁流到容器之中。

72

土家號子[1]

你踩陷的山道那鏗鏘的足音，

赤裸著眾目睽睽的豪邁粗狂；

高亢婉轉的聲調在彼此呼應，

即興的勞動結成自由的行腔。

這船石二工山水的步調一致，

讓風趣幽默的演唱得心應手，

捲入一場知曉和明白的心底，

打下對偶曲體式長短的戲頭。

你枷鎖沉重，悠然、執著及活潑，

讓青石倔強音階，錯落成旋律；

你用手輕拭去那勞苦的微熱，

收藏的溫度宛如優美的思緒。

所以，生命單純的呼叫和銘記，

是彪悍遠古回眸懷望的足跡。

1 土家號子是土家族人在從事各種勞動時，所發出的以呼喊為主的一種歌謠，叫喊號子。在勞動中起著協調節奏、鼓舞情緒、調節疲勞的作用。

73

開山伐木[1]

為什麼這時你想起開山伐木，
用號歌誦唱原始曠野的魅力；
就像從茹血岩居的年代之初，
步入那興旺榮盛的順山境地。
就不要刻意告誡儀式的必要，
接載萬物高漲的靈性及情商；
那雄雞祭祀山神，祈盼的起造，
是偷盜砍伐後，那發家的中梁。
所以，你揮舞的斧子就像新月，
在平靜內心種下久長的新韻；
而那壓彎的背膀，伐木的號樂，
是山路最為明確的一聲音韻。
所以，請卸下風雨兼程的疲憊，
在渴望堅強的路上敞開心扉。

1　指木匠上山砍伐樹木，用雄雞、香、蠟、紙祭山神，求得伐木安全。砍伐樹木時如果樹向山頂峰倒，為順山倒，說明主家在走上坡路，步步高昇。

74

立房上樑

這樣將擺下啟水祭馬的法場，
在堂屋東頭中柱畫符和唸咒；
而安放的香爐映射出萬丈光芒，
護罩主家安詳寧靜的吊腳樓。
根據儀軌和你經濟條件確定，
選定樓房的式樣、進深及高度，
用靈巧多變層次均衡的光影，
顯示形體的雄偉、流暢的風物。
那儀式繁瑣熱烈的排扇形體，
在那豐盛的魯班飯[1]後的說唱，
行使祭錘[2]發列立房的儀禮，
讓雲梯接入乾坤畫梁的枋梁。
無論遠近仰瞻，那優美的輪廓，
開合的財門，居於喜悅的香火。

1 在天亮之前，主人家為感謝魯班恩賜新房，特意準備的祭祀魯班及答謝木匠、石匠的宴席，為魯班飯。

2 用公雞進行煞禁，謂之有百煞禁拒，主要是封贈主家，然後是保護修造者，「祭錘」是在祭雞之後發列之前的一個儀式，祭雞和祭錘都由掌墨師在中堂東頭的中柱前進行。

75

吊腳木樓[1]

這干欄式的住所，聖天的華宮，
把歲月攬入裂紋深掩的懷裡；
用你典雅靈秀的美以及莊重，
縫製精細的荷包，多情的相思。
這是石木二匠最偉大的傑作，
是三維垂直體系智慧的結晶；
啟水安馬的字符充滿著迷惑，
是乾坤日月樂達相交的華瑩。
而這住居依勢而建的現象外，
是技藝完美結合的古樸典範，
那更接近的山野，錯落的舞台，
彷若河水裡密不可分的邊緣。
但沒誰想去挽救木樓的掙扎，
在一個母語喪失殆盡的當下。

1 吊腳樓是土家族傳統民居，多依山就勢而建，這種結構和居住形式主要受山區獨特的地理環境影響與資源的制約。因此，修房造屋只能依地勢而定，屋後靠山，前低後高，所以廂房多成吊腳樓。

76

壽誕禮制

你父母活得與民族一樣古老，
宛如山巔上高大澄明的綠蔭；
而斑斕婆娑的光亮在這歸巢，
彷彿鏤空的歲月兼程的星星。
所以這男進女出[1]的壽誕禮制，
在一禮一答[2]儀式中盛裝歡樂；
那熱鬧傳盆[3]的壽鞋壽衣壽禮，
是敲鑼打鼓，五世同堂的祝賀。
你是永遠的兒女，永遠的骨肉，
儘管年老也要奉養生息來路；
用敬重感謝含辛茹苦的教育，
頌揚這佈滿孝道的人間道途。
而你的行為會直接影響後代，
將杜絕你晚年的孤寂和悲哀。

1 「男辦進，女辦出」的規矩，即男子在六十九、七十九與辦七十、八十壽慶；女子則在滿七十、八十週歲後舉辦壽慶。男子不需要滿十辦壽禮，女子必須滿到整數十方興辦壽禮。

2 土家族人對來拜壽的客人，表示的一種禮節性問答形式，叫作「你一禮，我一答」。

3 在土家族地區舉行滿「十」的重大壽慶時，祝壽者將茶盆裝上壽鞋、壽衣或用錦緞繡制的壽仙、拜壽圖案、條幅以及其他禮物敲鑼打鼓送去。

77

大坐活夜[1]

你在暮年名正言順舉行壽誕，
在所剩無幾的時光看你死亡，
看靈堂上香菸裊裊紅燭冉冉，
及鼓樂喧天獅龍齊舞的景象。
你將在正壽的日子尋求安靜，
在族人的陪同下穩居於靈台；
你壽未終寢的衣帽簇擁一新，
接受你晚輩批戴紅孝[2]的跪拜。
這裡沒陌路相隔，淒哀的哭泣，
一切禮儀與實際的喪事相同；
讓司祭宣讀壽文[3]，講演你德義，
教誨後人以耕讀為本，以孝為重。
你看淡生死兩傷靈魂的裂變，
用豁達去闡釋民族的生死觀。

1 坐活夜是土家族老人在自己大壽正期前一天舉行的特殊壽禮，其壽禮的一切禮儀與舉辦喪事相同，彰顯了土家族人豁達的生死觀。

2 在土家族地區，老人去世有包白帕戴孝的風俗，所以坐夜這天，後輩須披戴孝帕，不同的是，坐活夜不是披戴白色布帕，而是紅色布帕，俗稱紅孝。

3 坐活夜的正生之夜，舉行壽祭時，講演壽者生平德行的文章。

78

伐樹備棺

你刻意斟酌枋子[1]的質量體系，
讓每座山落滿你壯年的腳步；
你希望珍藏枯骨的城堡價值，
就像沒經過鑲嵌接補的華服。
而杉樹千年生長的一場謔掠，
是樂道的雄頭、牆子、底子、蓋子[2]；
那鋥亮的漆則是樹木的鮮血，
詩的結尾是殉葬擊鼓和嘯泣。
當然，這因果你早就不去深究，
用屈指遞減著被鏤空的歲月，
把你輕視的降臨渲染成深秋，
在塵世啟幕你將消亡的婉約。
你就是深山輕生重死的精魂，
將與巴民族高貴的豐碑共存。

1 即棺材，土家遺俗規定。即老人還在生的時候，就要為老人提前準備棺材。

2 雄頭、牆子、底子、蓋子等是棺材的各個部位的組成部分。

79

置辦老衣

那麼你堅定不移，殉道的死亡，

用人世的光陰縫製簡樸老衣[1]；

關於穿戴的規矩將緊扣離殤，

是紅白青藍，衣七褲三的比例。

你知道活著的時光已經不多，

但會佯裝不知或者無暇細顧；

你總是滿面春風地打理生活，

撫摸你兒孫早早置辦的衣物。

你從沒有去提出過分的要求，

去索要更多可有可無的陪葬；

你相信軀體及你靈魂的不朽，

在下界護佑子孫萬代的隆昌。

但對於你的死亡，是普孝後裔，

絲毫不能推諉的責任和道義。

1 死者穿的衣服統稱為老衣，一般在生前需要縫製完成備用，其顏色主要是紅、白、青、藍四種。衣服都有一定的講究，數量上是要穿單不穿雙，上衣和褲子的比例一般為7：3，然後用七根青線做腰帶系在死者的腰上。

80

打造紙錢

但你赤裸的靈魂在尋找歸巢，
就像一直以來對死亡的認同；
而你似乎年輕，不曾有過蒼老，
彷如人生喋喋不休的自鳴鐘。
就請揮舞紛亂而有序的木槌，
把一些火紙裁剪成人生弧線；
以那打單不打雙的古老陳規，
製作出金銀銅鐵錫的火紙錢[1]。
那些靈動的錢篆在你背景下，
正來回不停地走動以及忙碌；
彷如那裁剪冰消迷離的印花，
如此慷慨的鑄造冥界的案圖。
那紙錢循規蹈矩生動的表情，
就像一條條靈性的河谷幽境。

1 火紙錢是土家族人用火紙打印上括號形狀的印記，為逝世的亡人在陰間準備的錢幣。一般用於慰祭亡人或者祭祀鬼神。

81

落氣招魂[1]

你留下後裔痛不欲生的真容，
獨自駕著金鑾龍輿滑向西方；
當你把靈魂植於回溯的天空，
緊拘塵世那難以名狀的餘光。
而你怎能隱忍傷痛，疾呼安然，
把老態龍鍾的暮年原封保存；
你只能許身芳草淒迷的水岸，
在落氣炮[2]後，通向歲月的黃昏。
你雖然走得不那麼甘心如意，
但怎能糾結銅色壯年的心跳，
聆聽山野、長河及兒女的哭泣，
羈押煙香盡頭那朦朧的故道。
而你將走在無人問津的道途，
讓你遺像在留守中形同虛無。

1 土家族喪葬遺俗，老人剛斷氣，須舉行招魂儀式，意欲喚醒逝者，使其生還。

2 在確定老人死亡後，須燃放鞭炮，稱為落氣炮，同時進行的還有燒落氣錢。鞭炮聲的另一個作用是告訴左鄰右舍，老人已仙逝，這樣眾人會主動前來幫忙。土家俗語人死飯甑開，不請自然來。

82

淨身更衣[1]

你一生有太多悲歡離合故事，
那措不及防黯然神傷的孤單，
就是你曾無意去觸碰的事實，
就像更衣時掠過風塵的淒豔。
當你褪盡了前生無語的妝容，
讓潔淨的水輕拭遺棄的軀體；
你匯入黑暗與星辰一道消融，
讓你老帽[2]上留下靈魂的遺跡。
那陳規的青絲、老衣一再重疊，
裝裹成你穿單不穿雙的離殤；
女兒帶來老被[3]，兒媳趕製老鞋[4]，
縫滿密密麻麻的懷念和哀唱。
你像純潔梨花，輕彈疲憊音律，
在櫛風沐雨的黃泉行走憂鬱。

1 通常是在後人哭喪完畢，就給死者淋浴淨身。孝子給老人換衣服，蓋上老被。

2 死者頭上戴的帽子稱為老帽。

3 死者身上蓋的被子，是死者女兒、侄女等在死者生前就已經準備妥當。死者蓋的老被也有講究，是蓋單不蓋雙，蓋單數後剩下的將在死者入葬後在墳前焚化送給死者。

4 老鞋即死者穿的軟底鞋。按照土家族規矩，老鞋必須為兒媳親手縫製，之所以為軟底，是為了不讓死者在奔赴黃泉的路上腳受苦。

83

焚香祭祀

當粗糙的煙火拂過孤獨天空，
是否看到眼中不經意的光斑；
你一張陳放多年的黑白照中，
是否落滿無聲黃腔，飽含辛酸。
時間摧毀一切，包括你的餘光，
沒有人理會寒光據守的屋脊；
所以，這無法企及的天各一方，
覆蓋的紙錢，隔斷溢彩的記憶。
你回到老家風塵僕僕的屋簷，
在生死的陰陽世界完成交接；
花費你席枕頭底，燃燒的紙錢，
購買你煙消雲散的通關文牒。
你在枯黃地油燈[1]下清點餘溫，
讓黑夜覆蓋諱莫如深的遺恨。

1 用一土碗，內倒入桐油或者菜油，放一撙燈草點燃，置於死者沐浴淨身之時所用的停屍木板下面，叫地油燈。地油燈上面須用一篩子斜斜倒扣，其用意一方面是防止蚊蟲叮咬死者，另一方面是為通往陰間路上的死者照亮和驅寒。一般入棺後會將地油燈移放到棺材下面，晝夜不熄。

84

上榻入棺[1]

你兒孫的悲慟哭聲驚動街坊，
用爆竹敲擊深不可測的心扉，
因你活著日子的質樸和善良，
指派你伏莽人世留下的慚愧。
而那曾經的恩怨、欠債及仇隙，
終因倒扣的灰印羽化為煙塵；
那死者為大的戒訓容忍一切，
怎能在蓋棺之後去與你對證。
你的老瓦[2]、殘木、火紙如鯁在喉，
讓墊塞遺體的紙錢，把你圍捕，
讓無數擁觀的目光、相幫的手，
將你餘溫的肉體塵封入棺木。
而你懸浮於煙火，帷臥於安靜，
鄉鄰是孝子，你是他們父母親。

1 幫忙的人來後，給死人整理面容，重新穿戴後將其置於一塊門板或者棺材蓋子上，稱為上榻。入棺是把死者從停屍板上抬下來放入棺材中的過程，稱為入殮，又名入棺。

2 老瓦是指房屋上年代較久的瓦，將紙錢、老瓦、木頭等用青布包住做成一個枕頭放在死者頭底。

85

搭建靈堂

不知是刻意奉承艱辛的歲月，
踐孝的兒孫搭建祭祀的靈堂；
還是因巴人殊生重死的歌闋，
用孝堂闡述土家偉大的信仰。
沒誰將活著的日子平淡撻伐，
吝嗇的清派簡單粗糙的供奉；
這裡門道若市，抹去離世回煞，
是車水馬龍，榮光顯重的門風。
南山的翠竹松柏會列入殉葬，
編制你壽終正寢的牌匾花環，
蒼勁行楷，將公正敘述你過往，
如同長途跋涉後耕耘的稻田。
你的音容笑貌，將會燃成佛香，
在重瓣的蓮花台下轉生脫像[1]。

1 土家族人認為人死後，這輩子如果是男人，下輩子投胎後會做女人，如果是女人，下輩子就會做男人，因此一般在靈堂的牌位上會書寫「紫竹林中脫女香，蓮花台前轉男身」。

86

擇日看地[1]

為你選擇清幽福祉煞費苦心，
對蔭佑子孫的說法沉信不疑；
即便踏遍溝壑，翻越崇山峻嶺，
也要尋找讓後輩發跡的福祉。
梯瑪架上羅盤，虛眼測算生辰，
以你八字，打下標記[2]，繫上緯線；
儼然地宣稱，在這裡埋葬真身，
有龍穴地氣，兒孫會登封狀元。
梯瑪合目掐十選擇王道吉日，
那精確的時間讓你安歸蒼嶺；
在朱雀玄武青龍白虎護衛裡，
不再卑微，將感到安詳與寧靜。
你不單是只在陰間享受極樂，
得繼續履行蔭佑家族的職責。

1 選擇一個黃道吉日，選擇一個風水最好的墓地安葬老人。

2 風水先生根據死者的八字和斷氣的時間選擇風水墓地，並架上羅盤測出方位朝向，採用三點一線的原理進行插扦標註。

87

告喪趕信

當敬仰著你的親人逐漸淡然，
在靈堂前冷靜得如鐵樣緘默；
那些毫無根由的遠親，你生前，
荒蕪的老友，歸於趕信[1] 的名冊。
有人會因你噩耗而滴下清淚，
不信偌大歲數的你，突然離喪；
有人會抹不開情面佯裝傷悲，
多年不見，怎會這樣猝不及防。
如此，你嘶鳴的靈魂將會感動，
心安理得沿襲祭鼓[2] 考究前生；
你定會歸於義無反顧的從容，
在冥燈照耀的轉盤，度量愛恨。
你站立高處，痛苦涕零的等待，
山鄉族親踩踏棧道，哭述而來。

1 即人死亡後，其家屬將死者去世的噩耗告之於眾。一是通知左鄰右舍；二是通知親朋好友。並擬定出名單，委派專人親自上門告知。

2 土家族人常用的打擊樂器，在喪葬中用的鼓稱為祭鼓，常見於坐夜唱孝歌之時。

88

跳喪開路[1]

你密約入土的吉葬還有三天，
傷心欲絕的女婿得送台厚禮；
把你的喪祭變得神祕和怪誕，
如剛勁誇張活靈活現的武戲。
那歇斯底里的詞牌飛旋起舞，
梯瑪的步履踏著開路的鼓點；
那宛若幽哭，千迂百回的鑼鼓，
沿紅燈方向穿越黑暗和凶險。
那旋轉的棺材感到暈頭轉向，
鼓鑼密佈的擊音止息你安歇；
頻繁的人群大聲討論著死亡，
讓這無休止的鬧事愈演愈烈。
你只能佯裝假寐，做忠實聽眾，
其實對於死亡，你比誰都更懂。

1　跳喪開路又稱打繞棺、穿花、開路。老人去世停棺材於堂中，請巫師行法事祭祀。

89

坐夜守靈[1]

可你沒留下光明去寫上遺囑，

也沒留下財富給活著的後裔；

但你兒子一樣在幽冥的通途，

撥弄油燈，上香祭奠，焚燒錢紙。

這樣，你將被幸福接納或超度，

避免被蠢蠢欲動的指爪戕害；

你將體驗到，石頭一樣的幸福，

隔著棺木觀賞你盼望的華蓋。

而黑夜盡頭，會以你為座右銘，

並為你降下無比尊貴的旗幟；

但是，你得失去這唯一的黎明，

對死神朗誦步履歪斜的殘詩。

你與生者締造了永久的聯盟，

你兒子生來就陪你消磨夜晚。

1　坐夜守靈是土家族弔唁亡人的祭奠儀式之一。持續時間一般是從亡人落氣當晚到死者下葬前夕。這幾晚上，孝子會熬夜守靈寸步不離，靈堂上則是孝歌不斷，充分表現了「擊鼓踏歷歌，叫囂以興哀」，「通宵且達旦，歌舞尚不息」的喪葬形式。

90

弔唁亡靈

天啦，這熱鬧恢弘顯赫的場景，
山民們從四面八方趕來祭弔，
漫天的鑼鼓和焰火以及祭品，
還有發情狂獅，來回騰躍舞蹈。
尖聲的嗩吶，宛如漏氣的老酒，
色彩斑斕的花圈是臨終遺言；
迎風的祭帳[1] 記錄人生的不朽，
跪伏靈堂是傳遍大地的哭喊。
那密密麻麻名正言順的人情，
是你為兒孫留下的最後財寶；
那些歪斜的文字，哭唱的語言，
是你去往西天的路費及開銷。
這樣，你猝然離去才物超所值，
那哭靈搭禮的人才竭盡全力。

1 土家族傳統的祭禮物品，用白布或青布做成招幡，上書輓聯。

91

哨吶悲歌

而你將在婀娜多姿的嗩吶裡，

傾聽來之不易的音色和哭聲；

就像那一行抑揚頓挫的句子，

跳躍憂鬱的生命，無限的愛恨。

那支嗩吶鋥亮而圓潤的七孔，

在吹手靈性指尖，錯落成悲傷；

那溜漆的竹喇叭口微微鼓動，

發出塵世哀鳴的音符和離殤。

你實際就像一個執拍的導演，

指揮著這一幫人間的吹鼓手，

按照你死亡行進的步調吹彈，

一場清晰明辨而曲婉的憂愁。

這個原本痛苦萬分的傷心語，

讓這人間的顫音合道成樂曲。

92

祭文遺章[1]

當編排多年的祭祀拉開序幕，
你將為靈魂找到恰當的理由，
當蒼傷懷舊的數落彼此起伏，
正如你壯年無休無止的哀愁。
人們沿求你盤旋而上的足跡，
在錯綜複雜，簡單的彪炳過程，
輕而易舉找到你根源及起籍，
流出低沉的煙火，嘶啞的原聲。
你其實就像清風刺痛的淚腺，
羸弱的淚滴宛如蛇行的憂傷；
解佩岩石如無處不在的流言，
讓那文字化為你暈眩的淚行。
在這之後你不再是無依無靠，
你墓碑貼滿青翠欲滴的文誥。

1 在坐大夜的中途，有實力的土家族人或者子孫眾多的家庭會舉行宣讀壽文，講演死者生平經歷、德行，以此啟迪後人不忘根本，應以耕讀為重，守家立業，以德行善，以孝為榮。

93

撒爾呵曲

誰在大夜製造生死兩痛景象，
讓合唱喪鼓問答來去的身世；
誰用粗狂的身姿，高亢的頌腔，
讓圍觀人群為你的死亡痴迷。
撒爾呵，如你氣韻悠長的峻嶺，
祭奠堂屋是祖先征伐的戰場；
那擊鼓踏歌，彪悍的燈下身影，
在達旦夜宴編排梗葉的曲殤。
你沒忘記漫山的狩獵和耕種，
臨葬山崗，你與歲月一樣古老；
夜色深處，緊扣的箭羽和長弓，
恰似遠祖頭頂上生長的茅草。
這無法踰越，曲終人散的夜空，
在絕版內心，展示去向的從容。

94

開席搭理[1]

你的時間在毫無知覺的逃遁，
臃腫的世界已變得雜亂無序；
而成群結隊來往穿梭的人群，
如經久不息亙古不解的殘局。
你僵硬面龐已露出不捨痛哭，
除了你後裔，沒人會對你關心；
活著時小心翼翼積攢的財富，
在節衣縮食的水席[2] 消失殆盡。
每當換席，那支客[3] 破敗的喉嚨，
會響起不絕喏唱和押韻陳腔；
讓握杵喪棒[4] 的孝子在這夜空，
為你討還那心照不宣的欠賬。
所以，誰會在這席間宣稱不還，
遠近的來客明晨將抬你上山。

1 土家喪葬習俗，是在來賓圍席吃飯的間隙，向來賓告知安葬時間和地點，請遠近親朋好友明早扶靈柩上山安葬亡人的告稟儀式。

2 土家族人在老人逝世過白喜的時候，會擺下筵席，而客人到來，只要坐滿一桌八人，即可開席，這種沒有時間限制的、隨到隨吃的筵席稱為流水席。

3 在土家族地區過紅白喜事的時候，除了懇請有聲望、德才兼備的人擔任總管之外，還要請來有能力的人協助總管，負責事務的接待和支配事宜，這人被稱為支客，也叫支賓，職位僅次於總管。

4 杵喪棒是孝子專用的物件，即很短的竹棒，孝子手握很短的杵喪棒表示一種謙恭。

95

哭靈祭孝

當上演的連綿哭聲蔚然成風，
構造這沉吟多年的悲悽景象；
就像那亙古的絕壁，心如千刃，
讓形銷骨立的哭腔出口成章。
而那靈前的三牲祭[1]巍然不動，
宛如跌破的河水遺恨的肋骨；
那紛至沓來的焰火，隱藏天空，
仿若棺材裡一筆苦寒的殘賦。
你名義正被簇擁著穿過街道，
隔著黃昏，用月亮靜止的光芒，
闡釋死亡，像極了歸巢的倦鳥，
宛如你一筆剛好還清的舊賬。
這生動場面是無意義的演出，
去背負，牽腸掛肚的冗餘包袱。

1　一般是死者的女婿及孫女婿前來弔唁死者的時候，送的牲祭之禮。通常分為大、中、小三牲祭。有經濟實力的送大三牲祭，即肥豬、活羊、公雞；沒經濟實力的送小三牲祭，即雞、兔、魚。

96

破血河[1]

你舔舐塵世波光粼粼的裂紋，
宛如那巴涅察七僵冷的疼痛，
繞成高崗上一道時間的傷痕，
墜入久遠的墳墓，母性的天空。
你知道奈何橋下淤冷的血河，
是你生育的胎血染色了下界，
因此無情的指抓會歸罪逝者，
讓含辛茹苦的女人佈滿元劫。
你怎能不管陰陽兩隔的痛楚，
選擇一個符合你生辰的墳地，
讓梯瑪行唱的血盆經去安撫，
你早年胎宮，撕心裂肺的故事。
你起承轉合裡那無私的奉獻，
是早年繁衍生命，分娩的片段。

1 這是針對女性逝者舉行的特殊儀式，停喪期間，有道士為死者超度，舉行穿花、打繞官、下地獄、破血河等。破血河法事由梯瑪主持。人死後要過奈何橋，橋下有條血河，由於女性生產後的胎血流進河流，玷污了河流，因此女性逝者會在陰間受苦。這樣，就需要請梯瑪超度，通過做法事，唸誦《血盆經》，才能贖罪，免去她在陰間的苦難和折磨。

97

孝歌守夜[1]

當寄鼓露出嘶聲竭力的韻腳，
圍坐的歌師撥弄沙啞的喉頭；
你那苦澀而陡然靜止的心潮，
與激烈鼓點及大地暗暗緊扣。
你試圖與江河作謀，寫滿懷念，
打撈你活蹦亂跳顛沛的記憶，
遣詞造句出吞雲吐霧的夜宴，
搜腸刮肚地展示鮮活的文字。
你一直抗拒繪聲繪色地吟唱，
複製你唾手可得的刺心痛苦，
用乾涸渾濁的老眼佈局荒涼，
順理成章的行於送歌[2]的路途。
你側耳離歌的步韻如此蹣跚，
開路的手，如山脈抽象的邊緣。

1　為逝者陪靈守夜唱的歌曲為孝歌，孝歌的詞調也有多種，最常見的有枝詞韻。孝歌講究熱鬧詼諧風趣，伴以鼓樂，一方面是陪伴亡人，另一方面是為了給陰森的喪葬製造喜樂氣氛。

2　送歌是整個歌唱即將結束的最後時段，一人唱眾人和，將孝歌推向高潮。待送歌完畢就寄放鼓槌，長達幾天的歌場正式結束。

98

深夜打井[1]

你會在溫暖氣氛中遺愛人間，

在黑土裡躡跡你脆弱的情緒；

你再不會去收藏成功的光環，

那隻是你來不及抄錄的囈語。

你將會在黑夜攫取責任真理，

證明你偉大，落實顯揚的法則，

你將遺愛大地，用周密和慎細，

占據這一方上蒼賜予的福澤。

當深深掘進的泥土一再向前，

沿著地心，挖出深愛你的產物，

挖出你珍愛，挖出生命的態言，

就像你委婉溫和的一場傾訴。

而那燭光和祭香燃燒的骨骸，

將預測著你漸漸放下的未來。

1　打井是指為死者掘墳墓，通常是在坐大夜這晚的凌晨三四點鐘，在梯瑪或風水先生的帶領下，去預先選擇的墓地，擺放刀頭果供，然後燒香燃燭化紙錢，按照預先的標記深挖一個長方形土坑，其大小須能輕鬆地放入棺材。

99

開棺瞻仰[1]

如果梯瑪不做些瘋子的舞蹈，

安撫負面情緒，你就不能放下；

如你鮮活的面孔詔示的禱告，

如三眼銃飛揚及跌落的火花。

當有人輕啟宛若宮宇的棺材，

把你活著的子孫及親友喚醒，

然後深入、淨塵、正冠、瞻仰、合蓋，

在不捨中安慰你獨立的個性。

猶如重重的寰宇撕裂的身體，

演繹你孤寂悲痛的全部過程；

但是，你那消失與湮滅的要義，

對於生命過於奢侈，過於低沉。

你將把一切交給高層的手掌，

潔身自愛地完成自嘲的形狀。

1 出殯這天早上，孝家的男女老少會聚集在靈堂前，在風水先生或梯瑪的引導下開棺，為死者整理儀容，然後封棺。

100

拆堂抽靈[1]

當那靜坐的雄雞飛舞的火光，
一度在你遺容面前表現誠摯，
你將痴迷於來自遠古的吟唱，
如同那棺材標新立異的黑漆。
你集中精神穩住顛簸的身板，
小心數著你宗人族親的腳步，
邁過鋥亮的門檻，世俗的地面，
穩居院壩那人聲鼎沸的心谷。
你不易瘋狂，獨自靜臥的心神，
讓命運的繩套落入呆滯遠方；
任經久不息營養不良的哭聲，
綁縛你熾熱澎湃，前行的目光。
而你靈柩前手捧牌位的孝子，
在嘶鳴中等待時限劃過土地。

1 即拆靈堂，把靈堂內佈置的祭祀器物、牌匾、桌子、長凳等清除靈堂外，然後幫忙的人在一聲「起唷」的吼聲中將死者棺材移除堂屋，放到院壩預先準備好的長凳上，進行捆綁，以便安全送葬。

101

慰亡發喪[1]

吆喝中喋喋不休的開路絮語，
響徹在一個煙霧瀰漫的虛空，
去剜割你那欲言又止的心緒，
讓你安眠於大地豐腴的子宮。
你兒子摔碎的瓷砵靜寂無聲，
用花圈、輓聯鋪成出行的儀仗；
抬喪壯男像亟待檢閱的方陣，
等待土家總管高聲舉起右掌。
就送你一群牛羊或者一匹馬，
送你一架能一步升天的雲梯，
讓輕生重死的交接，毫無牽掛，
輕易地吐出既往孤單的呼吸。
你總會拒絕不期而至的情節，
如同美眸比心還靜止的離別。

1　慰亡發喪即出殯。土家族人的出殯是在清晨（拂曉前後）舉行的，一般以將死者下葬之後天才亮為宜，意即死者平安「上路」。

102

買路送葬[1]

燃燒的爆竹鋪天蓋地的塵土，
如蒼茫田野鬃發飛揚的駿馬,
決絕如鐵的哭歌，脆響的鑼鼓，
及細氣嗩吶，就像遠古的征伐。
你看著果敢的高處飛撒紙錢，
收買餓鬼，看山道力量的人群，
在自嘲中評估你親和的容顏，
去讀懂那溫情裡高位的靈魂。
你總在緩慢顛簸中對抗什麼，
就像條理分明的責任和耐性，
周全縝密地擺出冷漠和不捨，
拉斷孝子因跌落跪拜的神經。
你安然無恙，行走在人群中央，
行走在即將到達的來生路上。

1 在出殯送葬的路上，會安排專人沿途扔一些紙錢，謂之買路，期望那些陰間的孤魂野鬼為新死的亡人讓路，並不要為難死者。

103

抬喪戲喪[1]

那一再抖動的路途讓後裔擔憂，
就像戲喪之時搖搖欲墜的棺材，
沉鬱著你子孫牽扯心扉的焦愁，
生怕落地的禁諱影響子孫萬代。
這眾人進退裡左右歪斜的步履，
讓一段路程竟然變得顛簸不堪；
彷如悵婉歲月一段悲催的苦旅，
淒厲了那孝家不斷跪叩的淚臉。
那些相幫眾人嘻嘻哈哈的笑聲，
與你悲傷後裔形成了鮮明對比；
這暗傳多年的風俗的豁達精神，
步韻土家人死亡和苦難的詩意。
別擔心，這送葬戲喪的片段花架，
就是土家人傳承多年的進行曲。

1 戲喪是土家族喪葬風俗。在出殯時，往往需要較多的男子輪流抬喪，抬棺材的人還會抬著死者的棺材不停地抖動，稱為戲喪。這戲喪一方面是緩解悲哀緊張的氣氛，一方面是表現土家族人豪邁的個性和看淡死亡的精神。

104

平安下井[1]

你高貴明朗、快樂的生命之花，

在法事後如期抵達大地胎宮；

而你一直忍耐的不順被放下，

淹沒在這不堪重負的行程中。

其實這堅強韌性，下井的顫慄，

隔斷你與這整個人世的關聯；

而你命運解套的惡名及哭泣，

如你不為人知的孤僻和哀怨。

這些被你操縱的喪槓[2]和繩索，

也無須再緊緊地握聚成冰凌；

安葬後都將會忙於事業、生活，

不再關心你日漸缺乏的溫情。

你被撥正的身軀將失去母語，

在蜿蜒起伏的蝸居回憶故去。

1 下井即為下葬的意思。

2 土家族地區送死者上山的時候，會用兩根木棒放於棺材前後兩端，用繩索拉扯捆成兜底的茶盆架子形式，穿於四根木棒抬喪，稱為抬喪槓。

105

瞻仰遺容

那麼就請高高舉起你的肖像，

舉起你原本一生鮮活的時間，

緬懷你生前的邪惡或者善良，

瞻仰著白灰暗而飄渺的容顏。

在這狹小筆直而規整的棺材，

將會看見你塵世自大的身影，

以及你無語先哀不動的姿態，

從而顯示出你的悠遠和寧靜。

而你將獨居這方蒼涼的土地，

磊磊巨石充滿了爭議的城廓；

就像你這悄寂無言的孤山裡，

盛留後裔黯啞的哭聲和沒落。

你宛如一粒深居土壤的胚胎，

在今後唯有自己把自己珍愛。

106

舞獅祭禮[1]

你被舉起，如潮濕黝黑的大地，
看那舞獅踩著鼓點，愈舞愈烈；
而讓你感到至高至上的皈依，
解開人世裡糾集環繞的心結。
你就安醉那順手拈來的吆喝，
化為不絕的福詩[2]，美麗的語言；
讓合道大音變成絕倫的唱和，
讓明媚的天空隱於無形世間。
這頌揚不是述說本質的死亡，
而是你藝術及精神上的修造，
是首書寫著永恆自然的樂章，
是以此為疆畫上的一個句號。
你今天的偉大將會無所不在，
用目光作為負載緬懷的體裁。

1　土家族風俗，即老人去世，在坐大夜這天，死者家三親六戚會請獅子來趟祭（祭祀），叫作孝獅子。

2　舞獅會參加送葬，會在死者墳墓舞獅，待表演完畢，領頭的會說些祝福及奉承的吉祥話，叫說福詩。

107

蔭佑賜福

那漫天飛舞的五穀背離而來，

落入天空、稻田，長出一片綠蔭，

長出無法言喻的祝福和珍愛，

是你賜予後輩的衣祿[1] 和福音。

這些餽贈將在掌心堆積如山，

就像你早年無限深愛的分量；

讓後裔的眼神，望向豐盛岸邊，

數著大地中日益騰文的景象。

而這揚起的手及不絕的念詞，

將在無數圍觀中隱約於天空，

消失於一場戛然而止的祭祀，

垂釣出時光瘦骨嶙峋的淡紅。

你的後裔將感激餽贈和賜誥，

在你親近的外表上暗露微笑。

1　死者下井後，孝子全部背對著墓地反手牽扯起孝帕，由梯瑪或者風水先生面朝墓地，端著香爐裡面的米一面唸唸有詞，一面抓著米向後揚灑，哪個孝子接得最多，意味著那個孝子的衣祿最好。

108

覆土封棺[1]

那光線走過的地方，無比寂靜，
而你半跪的兒子，高揚著鋤鎬；
相信這落下，將和你一樣傷心，
讓後仰姿勢變成大型的浮雕。
這樣，你將會高舉豐盛的招幡，
把古道煙塵的身世化成傷痛，
那離鄉背井遙不可及的深淵，
讓蕭瑟熱淚沸騰失意的寒冬。
但，你得講出無以復加的悲傷，
三次挖土的動作，無語的呻吟，
讓強忍的嘶鳴，如蜿蜒的山崗，
讓西去的靈魂將與天地平行。
你就不要悲慟，不要不忍離去，
讓你的離愁撥亂淺語的詞句。

1　覆土封棺是在下井儀式結束後向死者棺材掩蓋泥土的一個儀式，其過程是死者的長孝子用一隻腳跪於死者棺材上，另一隻腳落地，手握挖鋤向墓地尾部死者棺材頭頂土坎上象徵性的輕挖三下，然後反手後仰挖鋤，這時幫忙的人會佯裝不忍，順手接過挖鋤繼續向棺材掩蓋泥土。

109

砌墳安葬[1]

這泥土裸露無比輕鬆的跡象，
讓明媚時光成為永恆的記錄，
你骨骼牙齒毛髮集中的能量，
百年後成為綿長持續的基礎。
你的城堡很小，它容不下沙粒，
容不下你遺恨的潰敗和消瘦；
所以，別相信今天淒絕的哭泣，
會裝下曾樂道的王土及宇宙。
就像昨天，一直望著遠方細想，
你在另一個世界是否會煩惱，
那鼻息似的墳墓墊高的目光，
讓堆積如山的憂鬱破棺出逃。
你無需伏地聆聽白虎的聲音，
以及下陷時合掌虛化的殘經。

1 儀式結束後，幫忙的人將會為棺材掩蓋上泥土，然後用石頭、泥土砌一個半錐形，如鼻子一樣的墳墓形狀。

110

撿柴祈福[1]

當你預料的結局和最初一樣，
時間殘忍地把孤獨藏匿大地，
沿襲疼痛回到你懷舊的屋場，
打掃你沉睡時刻留下的痕跡。
離開墳墓，你後裔常無禁露出，
爭先恐後的容顏，析產的貪婪，
帶走你曠野青翠欲滴的樹木，
帶走倍增的財富，古老的箴言。
而你將會把想說的全部道盡，
在這儀式接近尾聲的時節中；
多次反覆推敲你深層的決定，
擺出孤寂、冷漠及生硬的面孔。
而你將安靜地去耕耘和休憩，
用你緘默的方式與大地一起。

1　所有孝子待死者完全掩埋，墳墓修砌好之後，在折返家中的時候會在墓地四下周圍砍伐、折斷一些木材樹枝帶回家中，喻意為取財，是死者送給生者的福蔭。

111

原路回返[1]

那因你死亡悲痛至重的後裔，
將循跡送葬的足跡原路回返；
讓原本尖聲嘶鳴的一段空氣，
悄無聲息的抹煞絕世的悲怨。
這樣才能讓你的心歸於安靜，
那麼安然地奔赴在黃泉地獄；
這樣你賢孝的兒孫莊重的心，
在狹窄山道尋找遺留的秀毓。
而那無法道明而闡釋的隱憂，
就像你跌宕人世，生動的表情，
化成暗暗尾隨而來的勾魂手，
擾亂了後代的健康以及安寧。
由此，這一直苦苦掙扎的顧慮，
便寄存在那清風披香的步履。

1 在土家族喪葬風俗中，逝者下葬後，除幫忙的外人，所有孝子在返回家中的時候必須按照送葬時的原路返回，以此避邪避諱求安。

112

三天送亮[1]

昨天你說，另一個世界的寒冷，

你兒子就會小心翼翼的挽結，

你前世的年輪，把那煙火孤燈，

送到你墳墓，完成對你的送別。

而你的夜晚將和星星樣明亮，

宛如你探向天外的那雙眼睛，

看你四周的曠野、亂石及高崗，

讓露珠化為內心的一粒水晶。

你將會在這三天裡抱守沉默，

安安靜靜地與溫暖幸福一起；

嚥下塵世給予你清甜的供果，

在奈何橋上許下輪迴的重誓。

不必說，你知道此刻不能重歸，

將與溫暖光芒滑向地獄心軌。

1 土家族人死後，他的兒子或女兒要為他守孝七天，每晚會到墳前送亮。所謂送亮是用稻草按照死者生前歲數挽節，其草把一般長有兩米左右，送亮時，會在挽結的草把頂部放入熊熊燃燒的木炭，以徹底燃燒為好。

113

復三墳[1]

你這幾天來慎行寡言的思考，
成為下界序列一個超凡物種；
而你那在三天后擺脫的焦躁，
將作為靈魂暗暗復活的清供。
此時，你後裔已變得格外忙碌，
為下陷的身軀奉上些許土泥，
覆蓋你墳塋蒼白無語的肌膚，
傾聽隆起的鼻翼均勻的呼吸。
你宛如一個黑色憂鬱的新寡，
與世界產生一段距離及隔閡，
就像你刻意偽裝的寂寞深夏，
那無法尋訪的身世黯然音色。
你其實無須過分消極和決絕，
把自己安放於那雪白的明月。

1 在死者下葬三天後，其後代要為其上墳，又名壘三墳，即用掘土工具，為其添土，修繕墳墓，以保墳墓穩固。這天還要擺上酒席，接親戚和左鄰右舍聚集，當晚還要再次點上大的蠟燭、放鞭炮等。

114

潤七回煞[1]

在為你焚香叫飯的七期夜晚，
梯瑪將沿襲造命思考的方向，
在無法去評估及占卜的空間，
發揮人類偉大的創造和想像。
那些血緣和烈火糾纏的關係，
將用哭聲指導你在地獄前行；
而你那四十九天的無家可依，
超度接納你無度受厄的亡靈。
你將在須臾的時間如期而來，
領取那源源不斷焚化的紙錢，
規避寒潮下界的冷酷與無奈，
降低輪迴中日益增進的磨難。
這就是一場刑傷苦痛的過度，
宛若回煞後馬不停蹄的來路。

1　潤七是從死去的那一天算起，每過一個七天就到新的墳地去為死者點燈、燒紙錢、放鞭炮。要潤七個七，一共有七七四十九天。回煞是風水先生或者梯瑪根據死者的八字和祭日推算出來的，說是死者去地府報導後要回家來看一看，第一次回家的那一天就是回煞。

115

守禮盡孝

你無法節制的不捨躊躇逼近，

寂寥正緊鑼密鼓的啣草結廬，

為這自古的禮則去發現良心，

發現身形重囊的你艱苦穿度。

看呵！那浪跡的身影多麼慎嚴，

披麻戴孝的後裔在膜拜虛空；

用自以為是的方式服喪三年，

還清你含辛茹苦生造的恩寵。

你好像找到年幼蹣跚的足跡，

找到你乳汁蘊藏萬物的胎盤；

而這一些人類進化中的法禮，

以熾燃的方式構成一幅畫卷。

這個以你的名義起草的準則，

讓你成為那了無牽掛的過客。

116

攔社[1] 祭墳

在你死後三年內的春社前日，
以你純血緣首次結束及演變，
舉行你遺骨重葬的攔社儀式，
開啟一場你遺愛人世的祭奠。
你的內戚熱熱鬧鬧聞訊而來，
讓這場葬儀染上高雅的榮光；
你族人會準備祭品磕頭禮拜，
在圓墳之中圍掛紅布的祭帳。
而這樣的風俗始於原始社會，
是骨骸拾撿清洗再葬的過程；
你那敞開及重新圓砌的墳堆，
是一場遠祖不斷遷徙的戰爭。
這生命兜轉來回的離殤故事，
借此賦予亡靈簇新的生命力。

1 在春社日之前，立春後第五個戊日，祭掃埋葬三年內的新墳，稱為攔社。此風俗始於原始社會，人們把死者遺體埋於地下，當肉體化解後，再把骨骸取出，洗淨拭乾，另行安葬，因此又稱洗骨葬、拾骨葬、撿骨葬。

117

立碑傳世[1]

而你將乘坐貌美如花的駿馬，
馳向落滿陽光和白雲的河岸；
忘記昨日曾卑微蒼老的雨下，
以及你視野猶豫不決的期盼。
你將會找個孤芳自賞的名字，
留下公平的判詞，歷史的佐證，
鋼鏨作筆，鐵錘作墨，以石為紙，
寫上生平對生活不滅的精誠。
你為這決判花費了整整三年，
開出後裔的名字，共生的證明；
而精雕細刻的碑銘、圖紋、石聯，
緊扣青石，把你推向封閉危境。
在傾向於歲月更迭變遷同時，
不妨看到延續，你論者的氣勢。

1　土家人死後，在三年後的清明裡，後代為了不忘記祖先，除了在家中設立牌位，還會為死者立碑。一般立碑是選擇在清明節的時候，碑文內容需鐫刻亡人的名諱，記載亡人生平，然後是死者相關親屬按照輩分長幼順序排列的名字。

118

太平盛世

這是個人人嚮往的太平世道，

幽居著族人永無止境的幸福；

那一行平仄起伏的洪聲歡笑，

直白地暗示前所未有的福祿。

而你總是在另一個高地窺視，

這翠綠芳馨波光粼粼的下界；

用你時光中峭岩凌絕的刀筆，

步韻成文，你遺愛族人的情結。

那麼，就請記住你元身和肖像，

記住這一個時代光耀的盛名；

去演奏一篇後世輝煌的樂章，

展示土家人的氣魄以及雄心。

別停留，跟上歷史前行的節拍，

在這土地上留下凌傲的姿態。

119

竹枝新韻

你還活在巴涅察七的夢境中，
活在這一個竹序橫生的時代；
而關於以竹子去命名的歌頌，
是巴人沉調新穎的樂歌詞牌。
那麼就請叩響這押韻的腔板，
賦予竹王那豐裕大端的形象；
用巴山歌舞吆吼的聲音體現，
遠祖祭祀歌舞裡悠遠的離殤。
這樣，你族人徹日艱辛的歌聲，
在勞動妝成的日子吟唱不停；
而大地阡陌內涵豐富的逸文，
是巴辭裡那竹枝歌樂[1] 的遺音。
只因為你的愛，你弘悅的大篇，
緊貼胸膛，交集你平仄的壯年。

1 竹枝歌樂又名竹枝詞，是中國古代民歌中的一個著名種類，發源於古代巴族地域即今天的武陵山地區的長江三峽。在沅水、酉水、清江及烏江流域的中下游一帶流行。竹枝詞本出巴渝，因有巴渝竹枝或巴歌、巴渝辭、巴人調等稱謂。

120

巴山流韻

那麼，誰曾登臨這巴山的高峰，
俯望古寨黃昏裡瀲灩的幽境；
誰曾滲透山水的婉約和清萌，
領悟這土生土長的鄉土文明。
就像這夕陽西下連塞的山隘，
暗結著無法言語的蒼涼歷史；
讓一個民族遠去的梁山城寨，
巋然不動的保持著雄偉姿勢。
昏黃的古道太過安靜和朦朧，
那群山宛如一幅抽象的油畫；
這孤影垂憐的大地以及天空，
似乎緊緊縈繞在倒懸的危崖。
而不曾讀懂的歷史漫不經心，
讓紛繁獲得與生俱來的安寧。

參 考 文 獻

⑴ 常璩．華陽國志 [M] 濟南：齊魯書社，2010.

⑵ 酈道元．水經注 [M] 上海：中華書局，2009.

⑶ 袁珂．山海經 [M] 北京：北京聯合出版社，2014.

⑷ 皇甫謐．帝王世紀 [M] 濟南：齊魯書社，2010.

⑸ 司馬遷．史記 [M] 上海：中華書局，2013.

⑹ 尚書 [M] 上海：中華書局，2009.

⑺ 范曄．後漢書 [M] 上海：中華書局，2009.

⑻ 左丘明．左傳 [M] 上海：中華書局，2007.

⑼ 顧頡剛．史林雜識初編 [M] 上海：中華書局，1963.

⑽ 趙爾巽．清史稿 [M] 上海：中華書局，2003.

⑾ 張廷玉．明史 [M] 上海：中華書局，1974.

⑿ 朱世學．巴文化考古發現與探索 [M] 武漢：湖北人民出版社，2011.

⒀ 白九江．巴人尋根 [M] 重慶：重慶出版社，2007.

⒁ 鄧顯皇．三峽方輿考 [M] 北京：中國社會出版社，2010.

⒂ 董其祥．巴史新考 [M] 重慶：重慶出版社，1983.

⒃ 田發剛，譚笑．鄂西土家族傳統文化概觀 [M] 武漢：長江文藝出版社，2003.

⒄ 利川文史精編 [M] 北京：中國文史出版社，2013.

⒅ 湖北省利川市地方誌編纂委員會．利川市志 [M] 武漢：湖北人民出版社，1993.

昌明文庫·悅讀中國　A0607021

巴國神曲　下冊

作　　者　諾　源
版權策畫　李煥芹
責任編輯　呂玉姍

發 行 人　陳滿銘
總 經 理　梁錦興
總 編 輯　陳滿銘
副總編輯　張晏瑞
編 輯 所　萬卷樓圖書股份有限公司
排　　版　菩薩蠻數位文化有限公司
印　　刷　維中科技有限公司
封面設計　菩薩蠻數位文化有限公司

出　　版　昌明文化有限公司
桃園市龜山區中原街 32 號
電話　(02)23216565
發　　行　萬卷樓圖書股份有限公司
臺北市羅斯福路二段 41 號 6 樓之 3
電話　(02)23216565
傳真　(02)23218698
電郵　SERVICE@WANJUAN.COM.TW
大陸經銷
廈門外圖臺灣書店有限公司
　電郵　JKB188@188.COM

ISBN 978-986-496-498-7
2019 年 3 月初版
定價：新臺幣 300 元

如何購買本書：
1. 轉帳購書，請透過以下帳戶
　合作金庫銀行　古亭分行
　戶名：萬卷樓圖書股份有限公司
　帳號：0877717092596
2. 網路購書，請透過萬卷樓網站
　網址　WWW.WANJUAN.COM.TW
大量購書，請直接聯繫我們，將有專人為您服務。客服：(02)23216565 分機 610
如有缺頁、破損或裝訂錯誤，請寄回更換

國家圖書館出版品預行編目資料

巴國神曲　下冊 / 諾源著. -- 初版. -- 桃園市：昌明文化出版；臺北市：萬卷樓發行, 2019.03
　冊；　公分
ISBN 978-986-496-498-7(下冊：平裝)

851.487　108003223